La femme
qui n'aimait plus les hommes

Isabelle Le Nouvel

La femme qui n'aimait plus les hommes

Michel Lafon

Ce livre est imprimé en France par
un imprimeur soucieux de préserver l'environnement
à travers des actions d'économies d'énergie, de valorisation
des déchets, d'utilisation de produits moins nocifs
pour la santé des travailleurs.

118, avenue Achille-Peretti – CS 70024
92521 Neuilly-sur-Seine Cedex
www.michel-lafon.com

« Et tous ces hommes qui sont venus, à l'abri de la Loi, détruire ma vie, Seigneur, pourquoi ? Ils ont incendié mes moulins, pillé et dévasté mes plantations, volé et abattu mes troupeaux, ruiné mon immense labeur, est-ce juste ?

Sutter cherche une aide, un conseil, un appui autour de lui ; mais tout se dérobe au point qu'il croit par moments ses maux imaginaires. Alors, par un étrange retour sur lui-même, il songe avec honte à son enfance, à son père, à cet homme intègre, à cet homme d'ordre et de justice.

Il est victime d'un mirage.

Il se retourne de plus en plus vers sa lointaine petite patrie. Il voudrait y retourner et mourir. »

L'or
Blaise Cendrars

À Niels. L'homme que j'aime.

Prologue

Paris – mercredi 7 novembre 2018

Toute l'après-midi, Jeanne avait été incapable d'écrire. Elle avait seulement fixé le curseur hypnotique qui clignotait paisiblement en haut à gauche de la page blanche de son écran d'ordinateur. Ses mains avaient bien tenté, par pur réflexe, deux ou trois incursions vers le clavier mais, à chaque fois, ses doigts étaient restés mollement en suspens au-dessus des touches avant de retomber sur sa table de travail ou de venir s'arrondir autour de son mug de café. Non. Aujourd'hui, Jeanne n'écrirait pas. Marie-Lou et Charlie, les deux petits héros des histoires pour enfants dont elle publiait, avec l'exactitude d'un métronome, un album chaque trimestre depuis maintenant cinq ans, n'avaient pas continué leur course en raquette au pays de Solveig, la sorcière des neiges qui avait dérobé le traîneau du père Noël. Non. Jeanne devait pourtant rendre sa copie à son nouvel éditeur à la fin de la semaine suivante, en prévision des prochaines fêtes de fin d'année. Son ventre se noua. Elle avait toujours mis un immense point d'honneur à tenir ses délais, et s'astreignait pour y parvenir à une discipline de fer. Jeanne s'asseyait à son bureau à la même heure chaque jour, hormis le week-end, et ne le quittait que lorsque son récit s'était enrichi de *deux-mille-cinq-cents-signes-espaces-compris*, et ce, quoi qu'il arrive. Mais là, elle ne pouvait pas. Elle ne pouvait tout simplement pas *écrire*. Tant pis. Demain, elle mettrait les bouchées doubles. Quand elle aura enfin parlé à Gabriel. Quand elle sera libérée du poids qui l'étreignait. Oui. Dès que Gabriel serait rentré à la maison, elle allait lui parler. Peut-être devrait-elle d'abord lui servir un whisky. Voilà. Ce serait mieux comme ça. Le whisky japonais hors de prix qu'il avait l'air de tant apprécier et qu'elle lui avait offert pour leur troisième anniversaire de mariage. « *Merde !* » Jeanne sursauta et manqua de renverser son mug de café encore à moitié plein sur le somptueux MacBook pro 16 pouces qu'elle s'était offert depuis peu. Le claquement de la lourde porte d'entrée venait de l'arracher brusquement à sa contemplation du curseur clignotant. Gabriel rentrait plus tôt qu'à l'ordinaire de son travail. Elle ne sut pas si c'était une bonne chose. Non. Et la manière dont l'homme lui lança depuis l'entrée de leur appartement un laconique « *Tu es là ?* » la conforta dans l'idée que ce retour prématuré ne laissait certainement rien augurer de bon. Gabriel avait encore dû se fracasser le crâne toute la journée contre un haut mur de contrariétés et il venait sans doute de quitter une fois de plus son bureau en furie. Cela n'allait pas lui faciliter la tâche. Non. Jeanne se racla doucement la gorge. « *Oui,* répondit-elle, *j'arrive.* » La jeune femme but ce qui lui restait de café froid puis elle referma l'écran ultrafin sur le clavier de son ordinateur et inspira profondément. Elle allait commencer par mettre des glaçons dans le verre à whisky. Voilà. Trois. Trois glaçons, comme Gabriel aimait bien. Comme il avait coutume de le lui demander lorsqu'il voulait se détendre en rentrant d'une journée harassante. D'une journée durant laquelle il s'était encore épuisé à *gérer les ego boursouflés de tous ces cons d'écrivains qui n'en sont pas d'ailleurs*. Voilà. Elle allait mettre les glaçons, servir le whisky. Elle écouterait Gabriel, compatirait à son dur quotidien dans sa maison d'édition. Et puis. Et puis, elle lui dirait.

Comme un insecte sur le dos*

1

Paris – mercredi 7 novembre 2018

« Comment tu peux me faire ça, connasse ? » Gabriel avait hurlé si fort en surgissant derrière elle dans la cuisine que le cœur de Jeanne s'était brutalement emballé, en même temps que des picotements très désagréables s'étaient mis à parcourir tout le haut de son bras gauche. Lorsqu'elle lui avait annoncé la nouvelle tout à l'heure, il s'était contenté de scruter longuement son visage, sans expression, puis il s'en était détourné et s'était mis à siroter son whisky en s'enfonçant plus profondément dans le canapé en lin gris du salon. Jeanne s'était alors éclipsée, se disant qu'elle allait commencer la préparation du dîner, qu'il devait avoir besoin de réfléchir, d'être seul un moment. Mais maintenant, l'homme était là. Puissamment. À quelques mètres de son dos. *« Regarde-moi quand je te parle ! »* Jeanne sentit ses mains se glacer. Elle aperçut par la fenêtre légèrement

entrouverte une passante, deux étages plus bas, lever les yeux dans sa direction avant de passer son chemin. Gabriel aboya de nouveau. *« Regarde-moi, je te dis ! »* Jeanne tourna mécaniquement la tête vers lui. Elle parvint tout juste à fixer le petit crachat qui avait jailli de la bouche de l'homme et qui était venu se coller au coin gauche de sa lèvre inférieure, filament blanchâtre et tremblotant. Gabriel avança rapidement vers elle et les murs de la cuisine se rapprochèrent avec lui. *« Un oubli ? Un oubli, salope ? Tu te fous de ma gueule ? Tu penses que je vais avaler ça ? »* L'homme s'arrêta un instant dans sa course et la dévisagea. À nouveau. Les yeux clairs étaient devenus opaques et semblaient être injectés d'un métal froid. Il eut soudain un mouvement de la main droite. Jeanne suffoqua. Un bourdonnement d'oreilles se mit à vrombir de part et d'autre de sa mâchoire, qu'elle serrait à s'en briser les dents. *« À moi ? Tu crois pouvoir me faire ça, à moi ? »* L'homme cria plus fort encore et ce fut le sol, cette fois, qui se déroba. Jeanne s'accrocha de toutes ses forces au plat de gratin dauphinois qui commençait à peser entre ses mains froides et moites à la fois. Gabriel s'approcha encore. Un pas. Puis deux. Les ondes qu'il dégageait éperonnèrent la jeune femme au ventre et finirent de lui couper le souffle. Elle jeta à l'homme qu'elle avait épousé un regard vide. Il secoua négativement la tête. L'oscillation exprimait à la fois le mépris le plus absolu et la promesse d'une correction physique qui, maintenant, ne tarderait plus. Jeanne le savait. Pris dans ce balancement nerveux, le filet de salive au coin de la bouche de l'homme s'accrochait comme il pouvait. *« Tu me prends vraiment pour un con, c'est ça ? »* Jeanne voulut répondre, mais le flot corrosif qui se répandait dans ses veines l'en empêchait. La décharge d'adrénaline avait giclé en elle au mot *connasse* et inondait maintenant tout son corps en y déversant son cortège d'injonctions paradoxales : son cœur désormais explosait, ses jambes tremblaient, une ancestrale mécanique chimique lui intimait, lui hurlait de fuir devant le danger en même temps qu'une peur plus sourde, plus animale, plus primaire encore la sidérait. Littéralement. Elle avait perdu l'usage de la parole. L'usage de ses membres. L'homme fit encore un pas et vint lui parler en pleine face. *« Dis-le alors. Dis-le si tu penses que je suis le dernier des cons. »* Elle nota qu'en termes de vocabulaire, il ne faisait pas montre d'une grande recherche, *connasse, con*. Sur ce dernier mot justement, le petit crachat blanc fut soufflé jusqu'à son visage. Elle le sentit, salissure humide, juste en dessous de son œil droit. Jeanne ne fit aucun geste pour le retirer. Elle détourna simplement son regard de l'homme. 20 heures 12. L'affichage se détachait en chiffres lumineux, audessus de la porte vitrée du four. À côté de l'heure, un voyant rouge clignotait. La température que Jeanne avait programmée pour la cuisson du gratin n'était pas encore atteinte. *« De toute façon, je n'en ai rien à foutre. Tu vas me faire sauter ça et vite fait, tu m'entends ? Vite fait !* » Le fixer. Oui. Voilà. Lui. Le témoin intermittent de la température du four. Ne surtout pas détacher les yeux du minuscule signal palpitant couleur coquelicot. Allumé, éteint. Allumé, éteint. Allumé, éteint. 20 heures 13. Si elle parvenait à bien s'accrocher à lui, au point scintillant, à cette béquille dérisoire, bientôt, elle aurait peut-être quitté la cuisine. Oui. Se concentrer. C'est ça. Bientôt, elle aura quitté son corps. L'homme pourra lever la main sur elle, elle ne sentira rien. Elle sera ailleurs. Là où nul ne peut l'atteindre. Tapie dans cette zone ouateuse où son cerveau a débranché toutes formes de connexion avec son corps. Oui, il pourra frapper, elle ne sentira rien. Sur le coup. C'était le cas de le dire. Sur le coup, non, elle n'éprouvera rien. *Nada*. Ni haine. Ni douleur. Ni. Elle savait si bien s'anesthésier et depuis si longtemps. Allumé, éteint. Allumé, éteint. Voilà. « *Putain, mais dis quelque chose !* » Jeanne atteignit l'entrée de sa cachette. L'odeur de l'abri à vélo l'envahit aussitôt. C'était le relent même de l'effroi, mais il la rassura et se mit à l'envelopper d'un voile duveteux. Elle entrait dans son bunker, dans les effluves âcres et doux de cambouis. « *Pourquoi tu ne dis rien ? Tu es la dernière des lâches, tu es vraiment une merde !* » 20 heures 13 toujours. Ce soir, l'homme criait trop fort, Jeanne ne parvenait pas à s'isoler, à s'installer en sécurité dans son antre. Elle se concentra à nouveau sur le petit point rouge clignotant du four. Allumé, éteint. Échec. Deux mains étaient venues broyer ses bras et l'avaient ramenée brutalement dans la lumière crue de la cuisine. Échec au refuge. 20 heures 14. Jeanne sentit ses jambes se ramollir. Une nouvelle décharge d'adrénaline accéléra encore les battements de son cœur et deux artères en bas de son dos se mirent à marteler furieusement. L'homme lâcha les bras de la jeune femme et serra hargneusement le poing droit contre son menton. Jeanne tourna la tête pour parer le coup, mais l'homme choisit de le lui asséner avec force dans l'épaule. Jeanne baissa les yeux sans rien laisser paraître de la douleur qui irradia jusqu'à ses cervicales. *« Si tu ne fais pas ce que je te dis, je te briserai. Tu m'entends, ordure, je te briserai. Plus jamais tu ne travailleras. C'est moi qui t'ai faite et c'est moi qui te déferai. Que tu aies ton prix à la con ou non, tu ne travailleras plus jamais. Tu m'entends bien ? Je te briserai. Tu sais qui je suis ? »* Il lui parlait toujours de très près, son haleine chargée d'alcool la révulsa. Le voyant lumineux cessa de palpiter, le four émit un léger bip. Le plat à gratin glissa comme au ralenti d'entre les doigts de Jeanne. La déflagration du verre contre le carrelage les fit sursauter tous les deux. L'homme et la femme. Il y eut une seconde nue, chacun mesurant à ses pieds l'étendue de l'éclaboussure qui mêlait les éclats de verre aux pommes de terre en lamelles et à la crème fraîche. Il y en avait partout sur le sol de la cuisine. Puis, à la seconde qui suivit, l'homme, dans un accès de rage plus violent encore, empoigna les cheveux de Jeanne et la traîna jusqu'à un torchon posé sur une chaise. Cette fois, elle cria, mais d'une voix si rauque qu'on aurait dit la plainte d'une bête. Elle entendit son propre cri comme si elle en était spectatrice. Dissociée. Elle pensa. Dissociée. Il tira encore, à l'en arracher, la poignée de cheveux de Jeanne puis, dans un brusque mouvement inverse, il tracta la jeune femme vers le bas, jusqu'à écraser son visage contre ses Berluti cognac, maculées de crème et de fromage râpé. *« Regarde ce que tu as fait. »* Jeanne articula comme elle put. *« Pardon, Gabriel. »* L'homme lui jeta le torchon de sa main libre. *« Nettoie, nettoie mes chaussures, imbécile ! »* Elle s'exécuta avec soin, puis l'homme la repoussa d'un coup de pied qui l'envoya au milieu des éclats du plat en verre et du reste de gratin cru et poisseux. Enfin, l'homme sortit de la cuisine. Ses pas rapides s'éloignèrent dans le couloir qui menait à la porte d'entrée. Jeanne ferma les yeux un instant. Sa main serra moins fort le torchon visqueux. Ses épaules se relâchèrent un peu, mais le véritable soulagement vint quand elle entendit le claquement de la porte blindée. La respiration de la jeune femme se fit moins saccadée. Elle attendit encore avant de tenter de s'extraire de la mélasse dans laquelle elle baignait sur le dallage de la cuisine. D'abord, il fallait être sûre. Des bruits parvenaient encore du palier. S'*il* revenait dans l'appartement. S'*il* n'en avait pas fini avec elle. Mais non, le ronronnement familier du mécanisme de l'ascenseur lui parvint, suivi du heurt sec des portes métalliques qui se refermaient sur *lui,* l'enfermant pour quelques instants dans la cage qui, maintenant, descendait. Alors seulement, Jeanne bascula sur une cuisse pour se retrouver à quatre pattes. Elle aperçut une mince coulure rougeâtre sur les carreaux de ciment, juste en dessous d'elle. Du sang s'écoulait de sa main gauche et se mêlait à la crème fraîche. Un morceau de verre s'était fiché dans sa paume. Elle se releva en s'accrochant au plan de travail en marbre gris de l'îlot central de la cuisine. Mais elle glissa et dut s'y reprendre à deux fois pour en attraper plus fermement le bord. Elle l'avait toujours profondément haïe, cette plaque de marbre qui évoquait bien plus la chute glaciale d'une pierre tombale qu'elle n'invitait à la préparation d'un kouglof. Elle l'avait dit à Gabriel. Chez le cuisiniste. Mais lui avait trouvé ça très beau. Chic. Ce morceau de cimetière. Puisque c'était si cher. Quand elle lui avait opposé que tout ce marbre aux nervures anthracite allait donner à la pièce une atmosphère morbide et impersonnelle, le vendeur s'était mêlé à leur conversation et avait argumenté fielleusement en faveur de *Monsieur. Madame* devait savoir qu'il s'agissait d'un matériau noble et d'un raffinement extrême, au rendu unique, puisque chaque pièce de marbre en provenance de Carrare avait sa propre personnalité et ne ressemblait à aucune autre. Faux cul. Évidemment, c'était *Monsieur* qui allait sortir son Amex Business Platinium pour payer les arrhes de leur future cuisine. Et même le solde. Pas elle. Le boutiquier le savait très bien. Il leur avait déjà vendu une salle de bains à plusieurs dizaines de milliers d'euros dont la matière principale était cette fois du Corian blanc, immaculé, qui tranchait seulement avec le noir du granit au sol et celui, plus inattendu, d'un jacuzzi qui, du reste, ne servait pas. Le vendeur avait pourtant promis au couple, à demi-mot et dans un sourire niais, que la sombre bassine « glougloutante » qu'il jugeait du meilleur goût, ne manquerait pas d'agrémenter leurs ablutions de jeux érotico-aquatiques. Ce qui, donc, n'advint jamais. Lorsqu'elle se retrouva enfin sur ses pieds, ce fut vers cette pièce intégralement blanche et noire, étrange damier sans joueur, que Jeanne se dirigea. En y entrant, elle donna un léger coup de pied dans quelque chose qui alla buter contre le mur opposé, sous une des vasques suspendues et opalescentes. Elle fixa l'objet. Les deux lignes bleuâtres qui y étaient apparues plus tôt dans l'après-midi semblaient avoir encore gagné en intensité. Elles l'observaient, fentes d'yeux douloureusement entrouvertes vers elle. Un frisson la parcourut. Jeanne ramassa l'objet et ce fut à son tour de contempler les deux traits bleus, fragile et éphémère trace d'une vie, qui devait tourner court. Sa main droite fut prise d'un léger tremblement, Jeanne fit volte-face et d'un mouvement sec, elle ouvrit le couvercle de la poubelle. Quelques kleenex usagés et des Cotons-Tiges aux embouts jaunis en parsemaient le fond. Jeanne y jeta le test de grossesse positif, puis elle se regarda dans l'immense miroir. Le tour en était entièrement incrusté de minuscules lumières LED dont la froideur accentuait encore la pâleur de son teint. Son mascara avait coulé et dessiné des zébrures noires le long de ses joues, son rouge à lèvres hors de prix, trop foncé, trop dense, dont l'irréprochable tenue contrastait ridiculement avec le chaos du reste de son maquillage, finissait de la faire ressembler au joker effrayant d'une quelconque série Z américaine. Elle prit une pince à épiler et retira le débris de verre de sa paume, puis mit un peu d'alcool sur un coton à démaquiller et l'appliqua quelques instants contre la petite plaie. Elle se tourna vers la poubelle au blanc pur de rigueur et l'ouvrit. À nouveau, les deux minces lignes azurées du test la regardèrent. Jeanne s'absorba en elles durant un temps qui lui sembla infini. *« Six semaines de retard ? Alors oui, c'est sûr. Oui, vous savez, c'est très fiable, surtout celui-là de test, même si ça ne vous dispense pas ensuite d'une prise de sang au laboratoire pour confirmer la grossesse, bien entendu. »* La voix de la pharmacienne lui revenait en même temps que Jeanne déposait dans la poubelle le coton taché de sang et qu'elle récupérait le test scrutateur. Elle le serra dans sa main intacte, pour le réchauffer et s'excuser d'avoir voulu l'abandonner au milieu des détritus. Un sourire se dessina sur sa bouche. Elle saurait faire ça, elle ? Elle qui, d'après Gabriel, n'était – à part pondre ses histoires ineptes pour mouflets – franchement bonne à rien, elle aurait su faire ça, faire advenir un ? Elle se mordit les lèvres. De son autre main, elle appuya très délicatement sur son ventre, en bas, dans cette zone où des spasmes aigus l'assaillaient habituellement chaque mois. Douleurs qui auraient cédé leur place à. Elle retira sa main et jeta une nouvelle fois un regard au miroir. La légère blessure de sa paume avait laissé sur son tee-shirt jaune pâle une petite trace de sang, virgule vermeille qui semblait indiquer la place exacte où logeait le. Non. Il ne fallait pas y penser. Son propre reflet fit horreur à Jeanne et elle s'en détourna. Elle serra plus fort le test de grossesse dans sa main. Non. Il ne fallait pas penser au. Non. Elle avait bien entendu ce que Gabriel lui avait dit. Oui. Faire sauter ça et vite fait. Sinon. Elle ne travaillerait plus. Il en avait le pouvoir. Ça oui. Ne pas penser au. Non. D'ailleurs, ce n'était pas encore un. Non. C'était seulement un amas de cellules. Voilà. Jeanne ne savait pas quoi faire du test et de ses deux bandes bleutées, elle opta pour aller l'enfouir dans le grand tiroir de sa table de chevet, sous le monticule de souvenirs, de photos et de lettres qu'il contenait déjà. Lorsqu'elle referma le caisson du petit meuble, son épaule gauche lui envoya une décharge électrique à la fois dans tout le bras et dans la nuque, jusqu'à lui faire baisser la tête durant de longues secondes. Le coup que Gabriel lui avait donné tout à l'heure se rappelait à elle. Et le ménage qu'elle devait faire avec. Jeanne se hâta vers le seau et la serpillière qu'elle avait préparés. Qu'est-ce qui lui avait pris de rêvasser comme ça ?

Si Gabriel rentrait déjà et qu'*il* voyait que rien n'avait encore été nettoyé. S'*il* avait faim. Et que tout était sale. Et que rien n'était prêt pour *l'*accueillir. Elle se précipita à la cuisine et s'accroupit pour enlever le plus gros des débris du plat en verre et du reste de gratin, puis elle astiqua les carreaux. À chaque mouvement, la douleur dans ses cervicales irradiait un peu plus. Mais Jeanne ne s'arrêta pas pour autant de frotter. Jusqu'à ce que tout soit impeccable. Puis elle sortit un bloc de papier et un stylo pour laisser en évidence un petit mot à Gabriel. Il pouvait faire réchauffer au micro-ondes le sauté de veau qu'elle avait cuisiné à midi et qui était au frigo. Jeanne regarda autour d'elle, satisfaite. Plus rien ne pouvait laisser deviner la scène violente qui s'était jouée ici. Non. Purifiée. Pensa-t-elle. Purifiée. Elle avait commencé à laver sa faute. Oui. Peut-être Gabriel pourrait-il commencer à la pardonner lorsqu'il rentrera ? Pardonner. Oui. Et elle, elle allait faire ce qu'il lui avait demandé. Il avait raison. Comme toujours. Gabriel avait raison. Oui. La pilule, en vérité, elle ne l'avait pas oubliée. Non. Elle en avait assez de se gaver d'hormones depuis toutes ces années. Mal aux seins, mal au ventre. Pendant plusieurs semaines, elle ne l'avait pas prise, la pilule. C'était vrai. Il avait deviné. Mais pas un instant elle n'aurait cru que. Et puis. Ils ne faisaient plus très souvent l'amour. Il avait vraiment fallu qu'après ce dîner trop arrosé, ils. Quand Gabriel s'était retiré d'elle ce soir-là, elle avait soudainement réalisé qu'elle était au beau milieu d'un cycle. Jeanne avait été prise d'un vertige. Oui. Il avait raison. Elle était une ordure. Elle l'avait trahi. Comment avait-elle pu faire ça ? Piétiner leur *deal,* lui cracher au visage. Jamais ils n'auraient d'enfant. Gabriel n'en voulait pas. Il n'en voudrait pas. Jamais. Il lui avait assez répété au début de leur histoire et Jeanne avait toujours acquiescé. Toujours. Oui. Elle avait trahi Gabriel. Lui qui avait *tout fait* pour elle. Elle était une ordure. La jeune femme ouvrit le placard où elle rangeait les médicaments et se saisit des somnifères si puissants qu'on lui avait prescrits depuis peu et qu'elle détestait prendre, tant ils la plongeaient, bien au-delà de la nuit, dans un état comateux. Mais ce soir, il lui fallait en avaler un. Pour au moins faire taire la douleur dans l'épaule et dans la nuque. Pour faire taire la. Jeanne regarda la fine plaquette d'aluminium entre ses doigts. Elle commença à compter avec soin le nombre de comprimés dont elle disposait, puis se demanda quelle pourrait bien en être la dose létale. Un léger tintement lui fit perdre le fil de ses calculs. Gabriel venait sûrement de lui envoyer un texto pour la prévenir qu'il allait bientôt rentrer. Ou bien pour lui demander de le rejoindre dans un bar ou dans un restaurant. Elle sortit vivement son portable de la poche arrière de son jean. Non. La déception lui fit une petite brûlure au ventre. C'était Luca, son nouvel éditeur. La jeune femme parcourut son bref message. Il voulait prendre des nouvelles de

Fifi Brindacier, ainsi qu'il la surnommait gentiment, en référence à la célèbre petite héroïne de romans suédois, depuis qu'elle avait été sélectionnée pour concourir à ce foutu prix Astrid Lindgren, un des plus prestigieux qui soit en matière de littérature jeunesse. Jeanne rengaina son téléphone et revint à sa plaquette de somnifères. Elle passa doucement son index sur chacun d'eux puis se décida à en absorber un. Un seul. Avec un grand verre d'eau. Décidément, Gabriel avait toujours raison. Elle était lâche. Les quelques gorgées avalées déclenchèrent une violente nausée. Jeanne s'appuya contre le plan de travail en marbre et inspira à grand-peine. Son regard tomba sur le petit mot à la gentillesse morbide qu'elle avait écrit à l'attention de l'homme qui venait de la démolir. Elle eut envie de se vomir elle-même. La jeune femme se dirigea en traînant les pieds vers la chambre et se pelotonna sous l'épaisse couette. Elle se démaquillerait demain. Le somnifère commençait à agir. La nausée se calmait. La douleur dans l'épaule s'atténuait. Mais surtout, surtout, son cerveau s'embrumait déjà. Et c'était délicieux. Avant de s'enliser complètement dans ce sommeil artificiel, Jeanne eut, comme souvent lorsqu'elle s'endormait, la vision de son psy de la rue Léautaud assis derrière son bureau en acajou. Du regard à la fois grave et bienveillant de cet homme sans âge. Elle en aurait eu des choses à lui dire ce soir. Et lui, il lui aurait. Oui. Son psy. Elle avait tellement aimé ces rendez-vous avec lui. Ces moments renouvelés chaque semaine. Le bus. La salle d'attente. Le sofa. Le chèque. Et puis le bus. Oui. Longtemps, elle l'avait consulté. Longtemps, elle avait voulu guérir. Puis elle avait arrêté. Le jour où elle avait compris qu'on ne guérit pas d'être morte.

2

Lyon – mercredi 9 décembre 1987

L'odeur ne pouvait pas venir de la cuisine. Elle était trop proche. Pain grillé. Mêlé à quelques effluves de chocolat chaud. Jeanne ouvrit un œil, Monsieur Lapin n'était plus posé sur l'oreiller tout contre elle. Elle se releva en sursaut. Romain se tenait debout devant elle et la regardait. Il tenait un plateau sur lequel fumait une tasse à l'effigie de Titi. *« Je t'ai préparé deux tartines, mais si tu en veux plus, dis-le-moi. »* L'homme posa le petit déjeuner sur le bord du lit. *« Prends ton temps. Il n'y a pas d'école, aujourd'hui. Tu sais, on est mercredi. »* Il ouvrit les épais rideaux roses. Une pluie fine balayait la fenêtre de sa chambre. Jeanne sentit un frisson la parcourir. Pas d'école. Mauvais temps. Cela voulait dire passer toute la journée à la maison. Avec *lui*. La petite fille regarda désespérément autour d'elle. Il n'y avait aucune issue. *« C'est ça que tu cherches ? »* Romain ramassa Monsieur Lapin et lui tendit. Elle prit la peluche sans croiser le regard de l'homme. Quelque chose du temps, quelque chose de la vie, s'était arrêté. Elle le sentait confusément. « *Tu n'as pas faim ?* » Jeanne répondit en murmurant qu'elle voulait faire pipi. Romain esquissa un sourire et retira le plateau. Jeanne sortit du lit en serrant Monsieur Lapin contre elle. Elle vit une petite tache de sang sur sa chemise de nuit imprimée Liberty, à hauteur de son entrejambe. L'homme la vit également. « *Si tu veux regarder un dessin animé, je peux poser le plateau sur la table basse du salon.* » Jeanne se dirigea vers les toilettes. Lorsqu'elle urina, elle fut traversée par une brûlure vive. À tel point qu'elle interrompit sa miction. Elle n'osa pas regarder vers son sexe imberbe. Elle se dit simplement qu'elle ne se laverait plus. Jamais. Peut-être alors qu'elle deviendrait assez dégoûtante pour qu'il ne. « *Tu ne m'as pas répondu, Jeanne, tu veux regarder la télévision ?* » La fillette avait du mal à se rappeler avec précision le déroulé de la soirée de la veille. Maman était partie à Paris. Ça, elle en était sûre. Elle était d'abord venue la chercher à l'école. Jeanne revoyait sa longue silhouette devant la grille. Maman portait son joli manteau bordeaux. Il y avait du soleil. Un soleil glacial de décembre, certes, mais un soleil quand même et qui mettait des fils d'or dans les longs cheveux si lisses de sa mère. Elle les avait remontés d'un côté, dans un joli mouvement, à l'aide d'une barrette. « *Dépêche-toi un peu, j'ai mon train, on est mardi, tu sais bien.* » Maman lui avait pris son cartable des mains et l'avait entraînée au pas de course vers sa Renault Supercinq bleu turquoise métallisé. « *Tu es bien coiffée, maman* » Le cartable avait été jeté sur le siège passager et Jeanne avait rapidement pris place à l'arrière.

« *C'est Romain qui va me garder encore ?* »

Maman avait poussé un soupir exaspéré. « *Tu ne vas pas recommencer avec ça. Oui, c'est Romain. Il est gentil, non ? En plus ce soir, c'est la fête des Lumières, il propose que vous alliez regarder les illuminations à Saint-Jean et que vous mangiez à la crêperie. Je ne sais pas ce qu'il te faut de plus.* » Maman avait fermement bouclé la ceinture de sécurité de Jeanne et claqué la portière. « *C'est juste que quand tu t'en vas, j'aimerais mieux aller chez papa.* » Maman n'avait rien répondu. Elle s'était contentée de démarrer en secouant nerveusement la tête et en faisant craquer la marche arrière. Jeanne avait encore énervé maman.

« *J'ai eu zéro faute à ma dictée.* » Rue Nicolaï, maman était passée en trombe au feu orange, pourtant déjà bien mûr. Jeanne avait agrippé la poignée de la portière. « *J'étais la seule de toute ma classe.* » Maman n'avait rien répondu. « *La maîtresse a même dit que je pourrais peut-être passer directement en CM1 à la fin de l'année. Si je continuais comme ça. Sauter une classe. Sauter le CE2. Tu te rends compte ?* » Maman avait pilé au même instant au feu rouge de la grande intersection du cours Gambetta et de la rue Garibaldi et lui avait demandé de la laisser se concentrer sur sa conduite.

« Jeanne ? » La petite fille entendit les pas de l'homme dans le couloir se rapprocher des toilettes. Elle tourna rapidement le loquet pour s'enfermer. Romain abaissa plusieurs fois la poignée et donna un léger coup de pied dans la porte. *« Jeanne, tu n'as pas le droit de fermer le verrou. Tu sais bien. Tu pourrais rester coincée à l'intérieur. Ouvre. »* Jeanne remonta sa culotte où elle découvrit une autre tache de sang, couleur de tuile celle-ci, et qui avait séché en formant une croûte. *Il* tambourina à la porte. *« Ouvre, je te dis, Jeanne, sinon j'appelle ta maman pour lui dire que tu n'es pas gentille. »* C'est ça. Elles étaient dans la Renault Cinq, puis tout était allé très vite. Romain attendait sur le seuil de la maison, le bagage de maman à la main. Il avait ouvert le coffre de la voiture pour le déposer. Puis la portière arrière pour laisser descendre Jeanne. Maman avait baissé sa vitre, ils s'étaient embrassés. Romain et maman. Longuement. Jeanne avait fixé le sapin que papa avait planté voilà une éternité dans le jardin, près du petit abri où elle rangeait son vélo. Cette année, elle insisterait pour le décorer avec quelques guirlandes. Le sapin. À Noël dernier, maman n'avait pas voulu. Elle n'avait pas le cœur à tout ça, en plein divorce. La Renault Cinq avait redémarré. Maman ne lui avait pas dit au revoir. Jeanne avait senti son cœur se glacer, elle avait fait un grand signe de la main droite et la voiture avait freiné brusquement. Jeanne en avait éprouvé une joie immense et s'était mise à courir vers sa maman. Quand la petite fille était arrivée

à sa hauteur, la jeune femme avait entrouvert la portière et lui avait mis son cartable entre les mains. *« Ce que tu peux être étourdie. Comment tu comptais faire tes devoirs ? Arrête de faire la tête. Sois gentille avec Romain, il me raconte tout, tu sais. Sois gentille, ma poupée. »* Jeanne avait hoché la tête. Et la voiture bleue avait repris sa course vers la gare, emportant le seul amour de Jeanne, son unique passion, son Grand Tout, son monde, sa mère. Jeanne s'était retournée lentement vers sa maison. Puis elle s'était figée. La silhouette de Romain, immobile elle aussi, se détachait tout au bout de la petite rue déserte. Ils avaient échangé un regard assez long. Jeanne s'était dit qu'elle avait vu récemment dans un western à la télévision, chez son père, deux cow-boys se défier ainsi, les yeux plissés, de part et d'autre d'une ruelle poussiéreuse et inondée de soleil, jusqu'à ce que le plus hardi dégaine soudainement un revolver et tire à la vitesse de la lumière. Pan ! Mais Jeanne n'était pas armée. Pour rien. *Sois gentille.* Alors, la petite fille s'était docilement dirigée vers Romain. Traînant son cartable plus qu'elle ne le portait, s'attardant dans la contemplation d'un caillou, d'une mauvaise herbe, pour retarder, même d'une poignée de secondes, l'instant où la porte d'entrée de la maison se refermerait sur eux, trappe d'un piège sordide dans lequel, pourtant, elle s'engouffra. *« Ça suffit Jeanne ! Ouvre maintenant ! »* L'homme se mit cette fois à donner des coups de pied furieux dans la porte des toilettes. Puis il cessa. Jeanne actionna la chasse d'eau et s'offrit encore quelques instants de solitude. Quand il lui sembla que Romain était revenu et qu'il s'apprêtait très certainement à attaquer le mince bois de la porte des toilettes avec un objet, elle fit coulisser la targette et l'ouvrit. L'homme se tenait là, une chaise de cuisine devant lui entre les mains. Ils s'affrontèrent un court instant du regard. Mais il n'y avait plus qu'un seul fier cow-boy dans la ruelle brûlante. Et c'était lui, Romain. Jeanne, elle, avait basculé dans la nuit. Dans la sombre destinée des vaincus. Des honteux. Des broyés. La petite fille baissa les yeux. Elle se retourna pour ramasser Monsieur Lapin qui traînait au sol devant la cuvette des toilettes. *« Je vais faire une lessive. Donne-moi ta chemise de nuit. »* Jeanne frôla Romain avec horreur et se faufila dans le couloir pour continuer son chemin vers la cuisine. Elle ouvrit le frigo et se servit un verre de jus d'orange. Elle avait un mauvais goût dans la bouche. Ou plutôt, c'était une odeur. Diffuse. Partout. Voilà. Sur son visage. Ses mains. Elle but doucement la boisson sucrée, puis déposa le verre dans l'évier. La vaisselle sale du dîner de la veille baignait dans un fond d'eau savonneuse. Romain ne l'avait pas emmenée dîner à la crêperie. Et le feu d'artifice, elle ne l'avait pas vu. Entendu seulement. Détonations terrifiantes. Bruits de fusées déchirant la nuit à n'en plus finir. Elle s'était concentrée sur cette infernale pétarade pour ne plus sentir. Ce que lui faisait subir Romain. C'était ce soir-là qu'elle avait appris à s'extraire d'elle-même. À s'extraire de la vie. C'était ce soir-là qu'une grande partie d'elle était morte, sur le tapis rouge du salon. *« Sois gentille, ma poupée. »* Maman, ta poupée a été déchirée, éclaboussée d'un liquide blanchâtre dont elle ignorait toujours le nom mais plus l'odeur. Mais plus la répugnante viscosité. Poupée souillée, poussée dans un cauchemar auquel elle ne comprenait rien. Non. Elle ne comprenait rien. Sauf la douleur. Sauf la peur glaçante. Et ce qu'elle comprenait surtout, c'est qu'elle ne parvenait pas à se réveiller pour en sortir. Du cauchemar. *« Alors, tu ne veux pas du petit déjeuner que je t'ai préparé ? »* D'habitude, Romain se contentait de se *glisser* dans son lit, puis de *glisser* ses doigts dans sa culotte. C'était déjà terrifiant. D'autant qu'il plaquait en même temps très fort sa main libre sur la bouche de la petite fille et qu'il assortissait toujours ses visites nocturnes de menaces. *« Tu ne dois pas en parler à ta maman, Jeanne. Ni à ton papa. Sinon, ils seraient très en colère contre toi. Et moi aussi. Et alors pour te punir, je quitterais ta maman et elle aurait énormément de chagrin. Tu ne veux pas que ta maman ait du chagrin ? »* Mais hier soir, il. Après le dîner, il avait regardé Jeanne bizarrement, puis il l'avait soulevée de sa chaise, son dessert à peine avalé et il l'avait allongée sur le tapis du salon et. Il avait commencé par glisser son affreux. Dans sa bouche. Et puis dans. La petite fille ne s'était pas débattue. Elle n'avait pas pleuré. Non. La terreur l'avait immédiatement plongée dans la sidération. Encore. Déjà. Elle s'était retrouvée dans l'incapacité d'agir, de réagir. Ce que Romain venait de finir de tuer en elle n'était pas seulement l'innocence, la confiance et l'enfance. Non. Ce qu'il avait achevé froidement était une bonne partie de sa capacité d'être vivante et d'interagir avec les autres vivants. Oui. Au moment du bouquet final du feu d'artifice, quand il en eut enfin fini avec elle, Jeanne s'était sentie violemment éjectée du *monde des vivants*. Elle était devenue un objet. Un objet. Un objet posé là. Dont on pouvait user. Un objet, du reste, sans grande réalité. Jeanne ouvrit à nouveau le frigo, elle aurait bien bu encore un peu de jus d'orange, mais la bouteille était quasiment vide. Elle approcha une main hésitante des yaourts aux fruits, puis se ravisa. Son regard avait croisé le téléphone mural que papa avait installé il y a si longtemps à l'entrée de la cuisine. Elle alla décrocher le combiné. *« Qu'est-ce que tu fais, Jeanne ? À qui tu veux téléphoner ? »* L'enfant se figea. La voix de Romain était si froide et si tranchante. Morceau d'iceberg qui finit de percuter et de faire sombrer la raison de la petite fille. *« Réponds-moi. À qui tu veux téléphoner ? »* Morceau d'iceberg qui, à jamais, en dévia la fragile trajectoire. Jeanne regarda les touches sur le combiné et ne sut brusquement plus du tout ce qu'elle voulait faire avec ce téléphone. D'ailleurs, la question n'était pas tant de savoir *qui* elle pourrait bien appeler – elle avait appris trois numéros par cœur : celui du bureau de sa maman, celui du nouvel appartement de son papa et celui de sa grand-mère maternelle – mais plutôt ce qu'elle pourrait bien dire. Raconter. Elle en aurait été totalement incapable. La terrible honte qui s'était mise à l'envahir petit à petit depuis hier soir était maintenant en train de recouvrir entièrement son désir si légitime d'être entendue et aidée. On aurait dit une épaisse pellicule, à la fois dure et collante, qui lui interdisait même d'y accéder. *« Donne-moi ça. »* Jeanne se retourna, elle serra très fort Monsieur Lapin de sa main gauche et, de la droite, elle obéit et tendit le combiné du téléphone à Romain. Quand celui-ci le prit et raccrocha, il caressa en même temps la tête de l'enfant puis introduisit son pouce dans la petite bouche. *« C'est bien, Jeanne. Tu es raisonnable. Tu sais, dans le foyer où je travaille, les vilaines petites filles qui ne m'obéissent pas, je leur trouve toujours une punition qui ne leur donne pas envie de recommencer. Les petits garçons aussi d'ailleurs. Ce serait dommage qu'on en arrive là, toi et moi, non ? »* Souvent maman parlait de cet endroit où Romain disparaissait du jeudi matin au dimanche soir, au grand soulagement de Jeanne et au grand désespoir de sa mère. Dès qu'il était de retour, visiblement épuisé de ces quatre jours qui lui dessinaient en creux de larges cernes presque noirs sous les yeux, maman, immanquablement, disait : *« Tu ne vas pas t'épuiser à travailler toute ta vie à la DDASS. »* Et immanquablement, Romain répondait qu'il était pour le moment indispensable au fonctionnement du foyer. Oui. Souvent maman parlait de cet endroit qui lui volait son

Romain la moitié de la semaine. Souvent. Et quand maman jugeait que Jeanne avait été capricieuse, elle criait : « *Tu n'as pas honte ? Pense aux enfants qui ont été placés dans le foyer où travaille Romain. Tu veux que je t'y mette aussi ?* » L'homme enfonça plus encore son pouce dans la bouche de la petite fille et de son autre main, il abaissa la fermeture éclair de son jean. Jeanne sentit un liquide chaud couler le long de ses jambes. Elle s'agrippa plus fortement à Monsieur Lapin. L'homme haussa les sourcils, retira son doigt de la cavité buccale et foudroya l'enfant du regard. « *Ce n'était pas la peine de passer autant de temps aux toilettes pour finir par faire pipi dans la cuisine. Tu es pénible.* » Jeanne se sentit si misérable que la haine pure qu'elle éprouvait pour l'amant de sa mère lui revint subitement en pleine face, boomerang aux profils acérés qui, la pénétrant, se mit aussitôt à distiller en elle son poison violent. Dans la minute, Jeanne se mit à se détester puissamment. Et se persuada qu'il devait en être ainsi pour quiconque l'approcherait. Bien sûr. Elle était pénible. Elle n'était pas digne d'amour. Ni d'attention. Ni de protection. Elle était pénible. Oui. Pénible. Et puis, elle était affreuse. Elle n'avait pas comme les autres petites filles de beaux cheveux lisses et brillants, non, elle, elle avait des boucles noires et incoiffables tout autour de la tête qui devaient la rendre plus détestable encore. Elle-n'était-pas-digne-d'amour. Non. Les jambes pleines d'urine, les pieds nus baignant dans une flaque tiède et jaunâtre, avec cette tache de sang couleur de rouille par devant elle, oui, Jeanne se mit à se haïr elle-même plus que personne d'autre n'aurait su le faire. Elle-n'était-pas-digne-d'amour. Elle n'était digne de rien. Elle s'emploierait désormais, du haut de ses sept ans, à le prouver.

3

Paris – jeudi 8 novembre 2018

L'insupportable sonnerie du portable de Gabriel se déclencha pour la troisième fois et finit de déchirer douloureusement le sommeil de plomb dans lequel Jeanne avait sombré. Cette sonnerie. Pourquoi Gabriel avait-il choisi la plus ridicule et sans doute la pire au monde ? Un cor de chasse assourdissant. Un cor de chasse. Où était-il allé chercher ça ? Et pourquoi ne répondait-il pas ? Pourquoi avait-elle mal à la tête et dans la nuque comme ça ? Pourquoi le lit lui renvoyait-il une sensation de froid si intense ? Jeanne perçut la lumière diffuse d'un rayon de soleil au travers de ses paupières closes. Elle avait dû oublier hier soir, en se couchant, de fermer les volets. Hier soir. Des flashs de la scène dans la cuisine l'assaillirent, puis la vision de son test de grossesse au fond de la poubelle lui revint. Elle était enceinte. Elle était. Lorsque le téléphone de Gabriel se mit à claironner impitoyablement pour la quatrième fois, Jeanne n'y tint plus et bascula lourdement vers le côté du lit opposé au sien. Elle tâtonna sur la table de nuit parmi les piles de livres et de manuscrits que Gabriel lisait sempiternellement en même temps, et se saisit de l'appareil en charge qui vibrait et émettait son grotesque et tonitruant hallali. *Encore,* murmura-t-elle lorsqu'elle lut le succinct « L » qui s'inscrivait en haut de l'écran noir du smartphone ultrafin. Jeanne jeta un coup d'œil machinal au réveil. « L » appelait Gabriel à 7 heures 50 du matin. Elle rejeta l'appel et mit l'engin en mode silencieux. Le calme qui s'ensuivit fut si enveloppant et bienfaiteur qu'il en devint presque palpable. Mais il ne dura pas. Jeanne se redressa brusquement et comprit aussitôt, à la vue de la couette à peine dérangée de ce côté-ci du lit et de l'oreiller de Gabriel, bien gonflé sous elle, qu'elle avait dormi seule. Seule. Où était-il ? Elle l'appela. Fort. Trois fois. Personne. L'effet résiduel du somnifère qui, quelques instants auparavant, la plongeait encore dans un semblant d'ouate, se dissipa soudainement, chassé par la main griffue de l'angoisse qui se mit, sans transition, à lacérer la poitrine de la jeune femme. Jamais, jusque-là, Gabriel n'avait découché. Mais la dispute d'hier soir avait peut-être été celle de trop. Tout était de sa faute. *À elle.* Jeanne aurait tant aimé lui parler. S'excuser. Maintenant. Tout de suite. Mais. Jamais, non plus, Gabriel n'oubliait de prendre son sacro-saint portable. Oui, tout était de sa faute. Elle avait peut-être perdu Gabriel. Quelle imbécile elle était. Il lui aurait suffi de se taire hier soir et. Où avait-il dormi ? Chez « L » ? Alors, pourquoi lui téléphonerait-elle ? Ailleurs ? Jeanne commença à échafauder plusieurs scénarios et à faire mentalement toute une liste de réponses possibles et plus douloureuses les unes que les autres. Le smartphone se mit à vibrer. Jeanne fixa l'objet. Elle n'écouta pas le message qu'« L » venait de laisser. Trop dangereux. Pour que Gabriel ne s'en aperçoive pas, elle serait obligée de l'effacer et s'il l'apprenait, s'il s'en rendait compte d'une manière ou d'une autre, l'homme rentrerait dans une nouvelle fureur qu'il n'était vraiment pas nécessaire de provoquer. Jeanne se sentit, un instant, curieusement grandie de ne pas céder à l'habitude frénétique qu'elle avait de faire, dès qu'elle le pouvait, lorsqu'il dormait ou qu'il était aux toilettes, une incursion maladive au milieu des textos et autres messages qui inondaient le portable de son mari. Elle massa son cou raide et douloureux, puis elle regarda brièvement dans le miroir de la chambre l'hématome bleu aux contours jaunes et violacés sur son épaule. Il serait parfaitement invisible sous ses vêtements, Gabriel savait y faire. Jamais il ne lui avait fait de marques au niveau du visage, des poignets ou du décolleté. Et personne dans leur entourage professionnel ou amical n'avait jamais deviné ou soupçonné sa violence. Elle était du reste parfaitement inimaginable. En société, Gabriel était un prince charmant de la pire espèce, prévenant, doux, aux manières et à la galanterie presque surannées. Et s'il lui arrivait parfois de s'emporter en public de manière disproportionnée dès qu'un sujet lui tenait plus ou moins à cœur et qu'un contradicteur osait lui barrer la route, *on* mettait ça sur le compte de la personnalité si passionnée et si chaleureuse du brillant éditeur. L'autre face de Gabriel, la véritable, l'irascible, la brutale, Jeanne l'avait rapidement découverte après leur rencontre, elle s'en était d'abord arrangée, en se disant qu'il devait être tendu, ponctuellement, par son travail, fatigué, qu'elle-même était parfois irritante, infantile à l'excès, elle le savait. Puis ce sombre versant de l'homme dont elle était éperdument tombée amoureuse, tant il l'avait écoutée et regardée au tout début de leur histoire, comme personne ne l'avait fait auparavant, Jeanne l'avait, en quelque sorte, *accepté*. Surtout, elle n'avait pas su mettre la limite, la barrière nécessaire quand les premières injures avaient commencé à pleuvoir. Parce qu'elle en était tout bonnement incapable. La voie s'était alors trouvée grande ouverte. Et les coups avaient suivi les injures. De près. Pour un mot. Un regard parfois. Toujours derrière les murs de leur magnifique appartement de Saint-Germain-des-Prés. Ou derrière ceux, plus épais et en pierres du XVIIe siècle, de leur mas sur les hauteurs de Gordes. Toujours à l'abri des regards. « *Personne ne sait ce qui se passe à l'intérieur des maisons quand la porte est refermée. Personne. Niemand.* » La phrase à la fois tristement sibylline et banale que son amie Karolina lui avait lâchée sans autres commentaires, dans son français impeccable, tournait si souvent dans sa tête. Cette ancienne correspondante allemande avec qui elle était restée liée depuis le lycée avait divorcé voilà deux ans et Jeanne lui avait simplement demandé au téléphone les raisons de sa séparation. Jamais elle n'aurait imaginé que la réponse de la jolie Berlinoise trouverait une telle résonance en elle, et leur échange, en apparence si anodin, l'avait marquée au fer rouge. D'autant que Karolina avait cru bon d'ajouter : *« Vergiss. Oublie. Tu ne pourrais pas comprendre ce que j'ai vécu. Là où j'étais tombée. Si bas. So tief. Une moins que rien… Tu ne pourrais pas comprendre. Tu es si forte, toi. »* Elle ? Forte ? Jeanne s'en serait étranglée. Elle n'avait cependant pas démenti son interlocutrice, incapable qu'elle était de franchir ou de briser la paroi de verre anti-effraction qu'elle avait dressée entre elle et *les autres,* et surtout entre *elle et elle-même.* Depuis si longtemps. Non. Elle avait simplement laissé quelques mots gentils et quelques politesses lui échapper, suivis d'un *Tschüss* d'usage, puis les deux femmes s'étaient promis de se revoir bientôt et Jeanne avait raccroché juste avant qu'un sentiment d'impuissance plus cuisant qu'à l'ordinaire ne lui arrache un cri silencieux. *Personne ne sait ce qui se passe à l'intérieur des maisons quand la porte est refermée.* Cela était si vrai pour elle, et depuis si longtemps, que Jeanne avait fait de cette lapalissade son mantra. Elle se rassurait ainsi, répétant, malaxant cette phrase à l'envi, se disant qu'elle n'était pas *la seule*. Se rapprochant alors d'une *normalité* qu'elle avait recherchée durant toute son existence. Mais lors des si nombreux dîners en ville où elle se rendait avec Gabriel, ces quelques mots cessaient de simplement tourbillonner dans la tête de Jeanne, ils se rassemblaient, s'agglôméraient pour venir former une balle dure et compacte qui rebondissait à toute vitesse, dans chaque recoin de son cerveau. Pauvre flipper muet. Oui. Quand elle voyait son mari si spirituel, si drôle et surtout si convaincu quand il parlait de féminisme et qu'il se faisait l'ardent défenseur de *#metoo*, tout en servant, avec tant de délicatesse, du vin aux jolies femmes assises autour de lui et qui l'approuvaient béatement, Jeanne aurait voulu hurler à la face du monde ce qu'il lui faisait vivre. Mais la jeune femme savait trop combien la vérité pouvait détruire celui ou celle qui la profère sans pour autant qu'il ou elle soit entendu(e). Et les mots qui tambourinaient dans son crâne ne trouvaient jamais d'issue. Non. Jeanne l'impassible gardait fermement sur elle le bâillon qui la muselait autant qu'il la protégeait. Elle se contentait de se conformer à ce que Gabriel attendait d'elle lors de ces soirées. Incarner à la perfection cette belle jeune femme brune, élégante et si discrète qu'il était fier de présenter, sourire en coin, aux hommes qui n'avait pas, comme lui, la chance de partager leur existence avec une *perle* de vingt ans leur cadette. Dans ces moments-là, Gabriel glissait une main autour de sa taille et se fendait même, si l'auditoire était bon, de la gratifier d'un regard empli de feinte fierté. Rien. Absolument rien de l'homme qui frappait, de l'homme qui menaçait et abaissait, de l'homme qui ne pouvait concevoir l'amour physique que comme un aboutissement toujours recommencé de ses fantasmes de domination, ne transparaissait dans le chevalier servant aux yeux translucides. Rien. Gabriel retrouvait même, dangereusement et immanquablement, à un moment ou un autre de ces soirées, aux yeux de Jeanne, le charme ravageur qui l'avait littéralement aimantée lors de leurs premiers rendez-vous. Et elle n'était pas la seule. Toutes les connaissances féminines de Jeanne lui enviaient plus ou moins son mari. Toutes étaient un peu folles du célèbre et si charismatique éditeur. Et Jeanne ne pouvait s'empêcher de penser qu'elles avaient toutes couché avec lui. Ce en quoi elle se disait quand même qu'elle se trompait. Une ou deux avaient dû faire exception. Les plus équilibrées. Mais comment les identifier ? Jeanne ne parvenait pas à faire le tri parmi toutes ces femmes qui gravitaient autour de leur couple. Il y en avait d'authentiquement névrosées mais qui semblaient sincères avec elle, et d'autres qui arboraient une vie parfaite, mais dont le magnifique vernis social et familial menaçait de craquer au moindre heurt de leur implacable ambition professionnelle contre la dure réalité. Et professionnellement, Gabriel pouvait tant. Alors, Jeanne épiait, cherchait sans fin dans le rectangle noir et froid du téléphone de son mari l'apparition d'un nouveau nom féminin, la preuve irréfutable d'une liaison. Et elle en trouvait. Oui. Ce n'était pas pour autant qu'elle aurait osé lui faire des scènes. Non. C'était juste *pour savoir*. Elle pensait qu'avec « L », Gabriel avait atteint le sommet de l'abjection. Et du cliché. Du cliché. À un point tel qu'elle en avait été certes révulsée en même temps qu'elle avait été presque déçue par tant de facilité et de banalité. C'était elle qui lui avait présenté Louise. Louise qui, comme elle, écrivait des histoires pour enfants. Louise que Jeanne aimait tellement. Sa *seule amie véritable*, pensait-elle, dont elle avait fait la connaissance quatre ans auparavant lors d'un salon en lointaine banlieue parisienne, consacré à la littérature jeunesse. Leurs stands avaient été installés côte à côte et ni l'une ni l'autre n'avait ce jour-là rencontré un grand succès. Quelques mamans s'étaient tout de même attardées devant celui de Jeanne et certaines lui avaient demandé de dédicacer pour leur progéniture un exemplaire, choisi au hasard, des *Aventures de Marie-Lou et Charlie*. Louise, elle, n'avait en tout et pour tout vendu que deux de ses albums durant la journée, dont un à une vieille dame qui l'avait confondue avec une autre auteure et que Louise n'avait pas démentie. Les deux jeunes femmes avaient beaucoup ri. Leur amitié avait été immédiate. Un coup de foudre. Mais au goût de soufre pour finir. Si Jeanne avait su. Après leur rencontre, elles ne s'étaient plus quittées et quand Louise s'était soudain piquée d'écrire des nouvelles, Jeanne en avait naturellement parlé à Gabriel. L'homme avait aussitôt décidé de les publier. Et la belle amitié n'y avait pas résisté. Non. Et Louise n'avait plus été Louise, depuis qu'elle était « L » tout en haut du smartphone de Gabriel. Mais là encore, Jeanne s'était résignée et n'avait pas fait d'esclandre. Elle avait fait le deuil de cette amitié sans en rien laisser paraître, en même temps qu'elle avait laissé pourrir un peu plus le peu d'amour-propre qui lui restait. Avec le temps d'ailleurs, il lui fallait bien reconnaître que les coucheries de son mari la faisaient moins souffrir. La blessure narcissique qu'elles induisaient au début de leur histoire avait comme cicatrisé en une boursouflure, certes affreuse, mais qui devenait de plus en plus indolore. Le lien puissant qui la ligotait à Gabriel, l'attachement viscéral qui la liait à cet homme lui faisaient peu à peu se détacher de tous les ressorts de sa personnalité. Si elle *perdait* Gabriel, elle perdait tout. Elle n'y survivrait pas. Alors, Jeanne *acceptait* tout. Oui. Gabriel était sa boussole. Son tuteur. Elle, la plante qui avait si mal poussé. Il l'avait redressée et il la tenait debout. Même lorsqu'il la jetait à terre, il la tenait debout. Gabriel la protégeait de sa toute-puissance. Il la broyait de sa toute-puissance. Et dans cette balance infernale, Jeanne trouvait un semblant d'équilibre, d'existence, qui lui apportait, par touches, certes, de plus en plus ténues, quelques instants de répit, quelques joies minuscules mais qui lui suffisaient. Elle s'était totalement abandonnée, remise, à cet homme *trop bien pour elle*, trop puissant, trop. Et lui avait dû trouver en elle un exutoire facile et toujours à portée de main. *Deal.* Accord tacite, certes, mais scellé par cette clause qui ne l'était pas. Ils n'auraient pas d'enfant. Non. Le réveil de Jeanne se déclencha et elle le fit taire d'un mouvement sec. Elle heurta dans son geste, sur sa table de nuit, le cadre de leur photo de mariage et le rattrapa à la volée avant qu'il ne s'écrase au sol. Jeanne le remit en place sans un regard pour le cliché dont elle connaissait par cœur chaque détail. La *jolie* robe blanche faite sur mesure, en soie ivoire et dentelle de Calais, le *joli* arbre derrière eux, son *joli* sourire forcé à elle, le *joli* bouquet auquel elle s'agrippait et qui n'en finissait plus de sécher sur la commode à sa droite, et le *joli* œil d'un bleu si limpide de Gabriel, qui semblait totalement absent. Elle-même avait assisté à son mariage comme à un spectacle. Si *joli*. Elle avait eu la sensation de voler cette cérémonie à une autre. C'était bien elle pourtant, Jeanne-de-l'abri-à-vélo, qui avait signé dans cette salle de la mairie si *jolie* du sixième arrondissement de Paris, entourée d'artistes et d'intellectuels, les amis de Gabriel au milieu desquels elle était perdue. Déjà. Au milieu de tous les amis de Gabriel. Dès qu'il s'éloignait d'un pas, elle était perdue. Et aujourd'hui, c'était pareil. Sans Gabriel, elle n'était rien. Dans son propre lit, sans lui, elle n'était rien. Jeanne se leva. Elle devait retenir cet homme. Le garder. *À tout prix*. Oui. Alors. Elle allait faire ce qu'*il* lui avait demandé. Voilà. Comme ça, il ne la quitterait pas. Vers qui se tourner ? Jeanne n'en avait aucune idée. Il était beaucoup trop tôt encore pour prendre rendez-vous chez sa gynécologue. Lui laisser un message peut-être pour qu'elle la rappelle au plus vite. Dans son souvenir, elle avait un secrétariat qui prenait les appels aux aurores. La jeune femme attrapa son portable et y jeta un rapide coup d'œil. Gabriel n'avait pas essayé de la contacter. Ni personne au monde du reste. Non. Seule. Seule. Jeanne, téléphone en main, se mit à errer mécaniquement, de pièce en pièce entre les murs de son *si joli* appartement de la rue Bonaparte, remettant de l'ordre ici ou là, époussetant une statuette, redressant un livre ancien, mais ça aussi, comme son mariage, c'était du vol. Elle était chez elle, mais elle ne possédait rien. Elle habitait un lieu où elle ne décidait de rien. Et même ce corps, dont elle cachait régulièrement les hématomes sous de luxueux vêtements, elle en avait été dépossédée depuis si longtemps. Jeanne-l'ombre s'assit finalement au milieu de l'immense canapé d'angle en lin gris qui trônait dans leur salon. Elle y prit place du bout des fesses. Pour ne rien déranger. Elle posa une main sur le bas de son ventre. La jeune femme massa doucement la zone. Sa bouche s'ouvrit en un long murmure, peut-être une incantation, qu'elle-même ne comprit pas. Elle l'avait tant désiré. Tant secrètement espéré. Un enfant. *À elle*. Un enfant. Avec un bébé à protéger, elle serait plus forte et elle détruirait les barrages qui l'emprisonnaient.

Qui l'emmuraient vivante. Voilà. Son enfant lui donnerait la vie. Et tous deux s'embarqueraient joyeusement sur les flots d'une existence toute neuve, lavée enfin des cendres du passé. Jeanne ferma les yeux, appuya plus fort vers son sexe. Elle se mordit la lèvre. Cet enfant. Il serait le sien. Pour toujours. Même si. Oui. Elle l'aurait eu quelques jours en elle. *Son* enfant. *À elle*. Et cet enfant, elle l'aurait, seule, *possédé*. Oui. Même absent, il pourrait lui parler. Et elle lui répondrait. Pour toujours. Oui. Jeanne rouvrit ses paupières, les larmes qui perlaient à ses yeux la brûlèrent. Elle fixa un moment l'écran noir de son téléphone. Elle fit jouer son pouce pour le déverrouiller. Le visage bronzé et radieux de Gabriel apparut sur fond des eaux turquoise du lagon de Belle-Mare. C'était elle qui avait pris ce cliché, durant leur lune de miel, sur la terrasse en bois de leur bungalow monté sur pilotis, au beau milieu de l'océan Indien. Le miel avait alors, déjà, de sérieux relents acides mais Jeanne avait l'habitude d'avaler des breuvages bien plus âpres encore. L'instant d'après, Jeanne appelait le secrétariat de sa gynécologue. Faire passer ça. Et vite fait. À quelques semaines de grossesse, ce ne serait rien.

4

Lyon – samedi 23 avril 1988

« *La clé ? Mais pour quoi faire, Jeanne ?* » La petite fille se tortilla sur sa chaise. Elle approcha sa bouche de la paille articulée en plastique rouge criard et finit son verre de jus de pomme à grand bruit. Son père s'attabla en face d'elle avec une tasse de café. « *Tu crois vraiment qu'il y a des voleurs qui pourraient rentrer dans le jardin quand vous dormez maman et toi et te prendre ton vélo pendant la nuit ?* » Jeanne avait entrepris d'engloutir un énorme morceau du moelleux au chocolat qui lui avait tant fait envie dans la vitrine de la boulangerie, alors qu'ils revenaient, main dans la main, le père et la fille, de leur traditionnelle promenade du week-end au parc de la Tête d'or. Jeanne hocha positivement la tête en mastiquant. « *Mais pourquoi tu penses ça, Jeannette ? Tu as entendu des bruits le soir dans le jardin, c'est ça ? Des bruits qui t'ont réveillée ? Qui t'ont fait peur ? Si c'est le cas, c'est important que tu me le dises, j'en parlerai à maman. Sa chambre donne de l'autre côté, elle ne peut pas entendre.* » L'enfant s'arrêta net de mâcher et fixa les yeux bleus et exagérément ronds de son père. L'homme portait des lunettes dont les verres très épais faisaient comme une loupe et donnaient à son regard une expression perpétuellement étonnée. Jeanne commença à se lancer dans une grande explication en postillonnant toute une myriade de miettes de gâteau au chocolat autour d'elle. « *Je ne comprends rien à ce que tu dis, ma chérie…* » Son père remplit à nouveau le verre de jus de pomme et le tendit à la petite fille. Cette fois, elle n'utilisa pas la paille et en finit une bonne fois pour toutes avec son encombrant moelleux en avalant une grande gorgée de la boisson dont elle raffolait. Elle reposa fermement son verre et fixa l'homme assis en face d'elle. « *Je ne veux pas qu'on en parle à maman, je te l'ai déjà dit, papa, tu le fais exprès ou quoi ?* » Les yeux s'agrandirent encore derrière les verres de l'astigmate. Le ton de l'enfant était sans appel, cassant, et sa voix claire et assurée. Trop. L'homme lut immédiatement en filigrane, derrière la soudaine autorité bravache dont faisait preuve sa fille d'ordinaire si douce, une intense détresse. Une détresse, oui, qui l'épouvanta. Il venait d'avoir la confirmation de ce qu'il se refusait à admettre depuis plusieurs semaines, sa fille souffrait. Il l'avait déjà trop senti à travers mille détails insignifiants mais qui, mis bout à bout, formaient une constellation effrayante. L'homme but d'un trait son café et lorsqu'il reposa la tasse sur la toile cirée à fins carreaux gris et verts, sa main droite fut prise d'un léger tremblement. Il l'avança toutefois vers celle de sa fille, pour la serrer doucement. *« Pourquoi, ma chérie ? Pourquoi tu répètes qu'il ne faut rien dire à maman ? Elle ne va pas se fâcher parce que tu voudrais fermer la cabane du jardin à clé. Qu'est-ce qu'il y aurait de mal à ça et à lui en parler ? »* Pour toute réponse, l'enfant fronça ses sourcils, reprit vivement sa main et se mit à jouer avec les miettes de gâteau étalées devant elle sur la table. Elle les rassemblait avec son index, en petits tas, puis les écrasait. L'homme regarda sa main à lui, abandonnée sur la table, et se mordit la lèvre inférieure. Plus tôt dans l'après-midi, il avait déjà été frappé, plus encore que les samedis précédents, par l'indifférence de Jeanne devant la danse lourde et obsessionnelle de Java, la vieille éléphante du parc de la Tête d'or. Java avait été rescapée d'un cirque trente ans auparavant et, depuis, elle répétait inlassablement, dès qu'un petit public se formait devant l'enclos honteusement trop petit des pachydermes, les pas qu'elle avait appris sous le chapiteau de ses jeunes années. D'habitude, aussitôt que Jeanne voyait l'éléphante, elle s'extasiait et posait, reposait, à son père, sans jamais se lasser, mille questions sur la vie extraordinaire de cette géante grise, arrachée à son Indonésie natale, puis dressée, domptée pour le spectacle et les projecteurs avant d'être promise à l'euthanasie lorsque, prise de panique lors d'une représentation, elle avait, avec deux de ses congénères, provoqué un accident mortel dans le public. Mais Java avait été graciée. Et parquée là, à Lyon, avec pour s'occuper quelques pneus de voiture usagés. Si ce n'était sans doute pas pour son plus grand bonheur, l'éléphante faisait, elle, celui de Jeanne depuis son plus jeune âge. La petite fille pouvait lui lancer des cacahuètes pendant des après-midi entières, et elle qui était d'ordinaire si timide et si réservée, hurlait littéralement de joie lorsque Java en portait une avec sa trompe jusqu'à sa gueule immense. Mais depuis plusieurs semaines, Jeanne regardait cette vieille connaissance sans vraiment la voir et ses yeux vagues se détournaient même de la danse savante de l'énorme cabotine, comme si les pas de l'éléphante blessaient désormais l'enfant, lui rappelant une fascination et une allégresse qu'elle semblait ne plus pouvoir éprouver. Son père s'était d'abord rendu au diagnostic de l'institutrice de Jeanne. La fatigue. La fatigue. Oui. C'est ce qu'avait dit cette femme rondelette au sourire froid qui les avait convoqués récemment à l'école, la mère de Jeanne et lui, pour évoquer avec eux les changements considérables qu'elle avait notés dans le comportement de la fillette. Si la brillante élève ne décrochait pas au niveau de ses résultats, ou alors si peu, elle avait en revanche radicalement changé d'attitude en classe et dans la cour de récréation. Toujours seule désormais, ne jouant jamais, silencieuse, la petite fille autrefois si enthousiaste devant le moindre exercice, ne levait plus le doigt pour participer à la vie de la classe et affichait continuellement un ennui ostentatoire. Cette lassitude se doublait d'une totale hostilité envers ses camarades, qui la lui rendaient bien. Le plus curieux selon l'enseignante était que cette triste métamorphose n'avait entraîné aucune baisse de ses notes. Elle avait demandé à l'homme et à la femme assis devant elle sur des chaises d'écolier, si quelque chose, selon eux, pouvait expliquer cette soudaine froideur de l'enfant, conjointe à l'indifférence et à l'inattention qu'elle manifestait en classe. Les parents s'étaient regardés, impuissants à formuler une réponse, puis ils avaient tous deux secoué négativement la tête. L'institutrice avait alors frappé ses deux mains sur ses cuisses, dans un grand soupir résigné : « *C'est sûrement de la fatigue. Je l'ai prise à part pour la questionner et elle m'a répondu plusieurs fois qu'elle dormait mal. Veillez à ce qu'elle se couche tôt, il faut qu'elle garde le même rythme, qu'elle soit avec l'un ou l'autre de ses parents, c'est très important. Vous êtes séparés je crois, je ne me trompe pas ?* » La mère de Jeanne avait opiné : « *Depuis bientôt deux ans, oui.* » Il y avait eu un grand silence et l'enseignante s'était levée de sa chaise pour signaler la fin de l'entretien. Les parents l'avaient imitée, mais le père de Jeanne s'était arrêté dans son mouvement et, après s'être longuement gratté le crâne, à l'endroit où il commençait sérieusement à se dégarnir, il s'était lancé, au prix d'un véritable effort : « *Vous ne pensez pas que ça vienne du divorce justement ? Que ce soit ça qui la perturbe trop, la petite ?* » Son ex-femme l'avait fusillé du regard en soupirant ostensiblement et cela avait rappelé à l'homme de très mauvais souvenirs, d'autant que l'institutrice de Jeanne s'était soudainement mise à lui parler comme si elle s'adressait à un authentique demeuré. « *Mais non, Monsieur Stern, si vous avez divorcé il y a deux ans, certainement pas. Le comportement de Jeanne était exemplaire jusqu'à il y a peu. Faites-moi confiance, couchez-la tôt. Ménagez-la. Elle est fatiguée, je le sens. C'est une enfant extrêmement intelligente, d'ailleurs je n'ai rien à redire sur ses notes, je suis sûre que tout va vite rentrer dans l'ordre.* » La mère de Jeanne avait serré la main de la femme en murmurant un vague merci et était sortie rapidement de la salle de classe, sans un regard pour l'homme avec qui elle avait été mariée durant huit années. Lui était resté planté là, tordant sa casquette de laine à carreaux entre ses mains moites. L'institutrice l'avait alors invité à la suivre vers la porte. Mais l'homme n'avait pas bougé. Au lieu de cela, il s'était mis à observer les rangées des petits bureaux alignés deux par deux, les uns derrière les autres. « *Où est-ce qu'elle est assise, Jeanne ?* » L'enseignante avait désigné un emplacement au quatrième rang, où était posée la trousse rose ornée d'une licorne dorée qu'il avait offerte à sa fille pour sa rentrée en CE1. Il s'était approché de la place de l'enfant et, de là, avait regardé attentivement le tableau noir où pendait de travers une grande carte de France plastifiée. « *Peut-être que Jeanne a besoin de lunettes maintenant ? Moi, quand j'étais petit, on pensait que je ne comprenais rien, que je n'écoutais pas, que je n'arriverais jamais à lire et à écrire, mais en réalité, j'avais juste besoin de lunettes.* » Cette fois, la femme ne dissimula pas son impatience et lança tout en regardant sa montre *« Vous ne perdrez rien à emmener Jeanne chez un ophtalmologue, Monsieur Stern.* » Michel Stern était un homme intelligent. Mais il ne savait pas trouver les mots justes pour exprimer ce qu'il pensait et ressentait. Il ne l'avait jamais su. Et ce manque, cette béance, qu'il n'avait eu pourtant de cesse de vouloir combler en lisant à peu près tous les livres qui lui étaient tombés sous la main durant les trois précédentes décennies, avait profondément détruit son existence. Aujourd'hui, il serait diagnostiqué dyslexique et dyspraxique dès la petite enfance, en plus d'être astigmate. Mais dans l'école publique des années 1940, il avait simplement été étiqueté « cancre irrécupérable » et avait été éjecté très jeune d'un système scolaire, dont il n'avait, du reste, gardé que les incessantes insultes et moqueries des autres enfants et les humiliations toujours recommencées de ses professeurs. Sa mère lui avait alors d'abord trouvé une place de commis dans différents ateliers de tissage de la soie, encore nombreux à Lyon à cette époque, puis, à son retour de la guerre d'Algérie, comme il portait enfin des lunettes de vue et que l'armée lui avait même octroyé le permis de conduire des véhicules lourds, il s'était fait engager comme conducteur de bus dans les

Transports en commun lyonnais – emploi qu'il exerçait toujours aujourd'hui, mais à mi-temps, pour pouvoir se consacrer entièrement à Jeanne les week-ends durant lesquels il en avait la garde. C'était là, dans sa cabine de chauffeur, que sa passion pour la littérature était née. Au hasard d'un exemplaire d'*Emma Bovary* oublié sur un des sièges de son bus et qu'il avait ramassé en rentrant au dépôt, un soir. L'homme avait négligemment glissé le livre dans la poche intérieure de sa veste et l'avait oublié. Le lendemain, à la gare routière, alors qu'il attendait l'heure du départ derrière son volant, il avait senti quelque chose qui le gênait au niveau de la poitrine. Il avait ressorti le livre, l'avait ouvert pour voir s'il y trouverait le nom de son propriétaire. En vain. Il restait encore dix bonnes minutes à patienter alors, n'ayant rien de mieux à faire, Michel Stern s'était mis à en feuilleter les premières pages. Il avait rapidement passé la préface pour se plonger dans les premières lignes de l'œuvre : « *Nous étions à l'étude, quand le proviseur entra, suivi d'un nouveau habillé en bourgeois et d'un garçon de classe qui portait un grand pupitre. Ceux qui dormaient se réveillèrent, et chacun se leva comme surpris dans son travail.* » Un quart d'heure plus tard, il avait regardé sans comprendre la vieille femme qui lui tapait sur l'épaule en lui demandant d'une voix de crécelle : « *Pourquoi donc on ne partait pas* ? » L'homme avait jeté un œil à sa montre, puis au livre entre ses mains, il avait parcouru 30 pages sans s'en apercevoir. Après avoir juré intérieurement, il s'était excusé entre ses dents et avait démarré en trombe sans même laisser la rombière se rasseoir. Il avait la tête ailleurs. Il venait de faire une rencontre qu'il n'espérait plus. Le livre était entré comme par effraction dans sa vie et lui avait donné une nouvelle dimension. Plus large. Moins solitaire. Après cela, Michel Stern avait peu à peu constitué sa bibliothèque idéale – et imposante aujourd'hui – en parfait autodidacte. D'abord, avec les grands classiques de la littérature française, puis les moins classiques. Il avait eu ensuite une très longue période de prédilection pour les auteurs américains, qui avait débuté avec la découverte de l'œuvre de Philippe Roth, et il ambitionnait maintenant de se tourner, pour la première fois, vers les russes. Ne sachant par quel auteur entamer sa lune de miel avec la littérature de ce pays-continent, et n'osant jamais demander conseil en librairie de peur de passer pour l'imbécile qu'il était persuadé d'être, il avait jeté son dévolu, au hasard d'une promenade devant les étals des bouquinistes sur les quais de la Saône, sur une très belle édition reliée en cuir vert sombre de *La guerre et la paix.* Il l'avait montrée à Jeanne avec une grande fierté et tous deux avaient brièvement feuilleté l'imposant ouvrage. La petite fille avait demandé à son père de lui raconter l'histoire. Il lui avait promis qu'il le ferait, au fur et à mesure de sa lecture de l'œuvre. Mais l'homme de bientôt cinquante-cinq ans pouvait bien lire Tolstoï autant qu'il le voulait, et même Soljenitsyne après lui, le profond et cuisant manque de confiance en lui que sa coupure précoce d'avec l'école avait engendré ne s'effacerait jamais. On l'avait trop ridiculisé, enfant. Et ce qui aurait dû devenir, avec le temps, une simple griffure, une blessure légère de la mémoire avait, au contraire, pris chez lui la tournure d'une cicatrice enflée, indélébile et invalidante. Son parcours professionnel en avait d'abord été ruiné. L'homme avait refusé systématiquement toutes les promotions qui l'auraient enfermé dans un bureau plutôt que dans sa cabine de chauffeur et, dans la sphère privée, cette peur constante de ne pas être à la hauteur des conversations l'avait contraint à réduire à peau de chagrin son cercle d'amis et avait fini par le rendre plus taciturne et mélancolique qu'il ne l'aurait voulu. Avec l'âge, il devenait de toute façon de plus en plus misanthrope. C'était, décidément, encore en compagnie des livres qu'il était vraiment heureux. Des livres et de sa fille, son *miracle*. Sa Jeanne qui, seule, lui restait de cet amour qui avait éclairé quelque temps sa vie avant de s'évaporer comme une giclée d'eau sous un soleil brûlant. Les années de bonheur passées auprès de la mère de Jeanne l'avaient d'ailleurs pour un temps détourné de sa passion pour la littérature, tout occupé qu'il avait été à multiplier les heures supplémentaires, et les petits boulots dissimulés en plus de son travail de chauffeur, pour tenter de se hisser, en vain, au même niveau de salaire que cette femme qu'il adorait et qui était cadre dans l'industrie pharmaceutique. Le peu de son temps libre, Michel Stern le consacrait alors à refaire la plomberie, l'électricité et les peintures de la petite maison qu'ils étaient parvenus à s'offrir au moment de la naissance de Jeanne. L'homme passait aussi de longues heures dans le jardin qui entourait cette habitation ancienne et dénuée de charme à laquelle il avait tenté de rendre un semblant de fraîcheur. C'était là, dans ce coin de verdure arraché à la ville, qu'il avait construit de ses mains une petite cabane en bois pour ranger ses outils et qui servait maintenant d'abri pour le vélo de Jeanne, la vieille tondeuse et les araignées. Oui, il se souvenait parfaitement d'y avoir installé une serrure. Et non, il n'en avait certainement plus la clé. Pourquoi Jeanne lui rebattait-elle les oreilles avec ça depuis ce matin ? Fermer cette minuscule cabane de jardin. On aurait dit qu'elle n'avait plus que ça en tête. Michel Stern contempla les petits tas de miettes de gâteau écrasées sur la table de la cuisine. Jeanne baissait les yeux et continuait son pénible manège avec son index. « *Tu ne veux plus de moelleux au chocolat ? Tu en avais tellement envie. Tu n'en veux pas encore un peu ?* » La petite fille secoua négativement la tête. L'homme se leva et entreprit de couvrir ce qui restait du gâteau avec du papier d'aluminium, puis il tourna vingt fois la phrase dans sa tête avant d'ouvrir la bouche. « *D'accord, Jeannette, tu ne veux pas qu'on dise à maman que tu as besoin de cette clé, ni pourquoi tu la veux. Mais à moi, tu peux bien me l'expliquer, non ? À papa, tu peux tout dire.* » Cette fois, l'enfant oublia les miettes devant elle, ses épaules s'arrondirent et elle coinça ses mains jointes dans son entrecuisse. Jeanne avait beaucoup de qualités, mais elle avait en revanche hérité de son père une terrible propension à s'enfermer, à s'emmurer et à disparaître dans le silence dès qu'elle était contrariée. Et si ce n'était pas à proprement parler un défaut, cela finissait toujours par produire chez les autres une très forte irritation et une cascade de malentendus. Michel Stern en savait quelque chose. Son propre mutisme lui avait en grande partie coûté son couple. C'était d'abord cela que la mère de Jeanne avait commencé à lui reprocher, de plus en plus souvent, son *incapacité à communiquer*, puis étaient venues les insinuations sur son manque de savoir-vivre, de culture et d'éducation, lorsqu'ils étaient invités chez les collègues de travail de la jeune femme. *« Je te fais honte, c'est ça ? »* hurlait-il immanquablement pour clore leurs disputes devenues quotidiennes. La mère de Jeanne ne lui répondait pas, ou bien elle le giflait d'un regard qui laissait l'homme pantelant, muet, sans autre riposte pour lui que d'aller griller une Gitane sans filtre dans leur minuscule jardin. Le soir des cinq ans de Jeanne, Michel Stern avait pleuré, silencieusement, en regardant sa fille dormir paisiblement après ce qui avait été pour elle une si belle journée et pour lui la pire qu'il n'ait jamais vécue. Il soupçonnait sa femme d'avoir une liaison depuis quelque temps et ce soir-là, elle ne s'en était pas défendue. Ce même soir, après avoir séché ses larmes, l'homme avait remonté le petit drap de Jeanne sur ses épaules, il avait passé les doigts dans les inextricables boucles brunes de l'enfant endormie, puis il avait glissé, tout contre elle, Monsieur Lapin qui tombait toujours par terre pendant son sommeil et qu'elle cherchait chaque matin en panique à son réveil. Il avait ensuite embrassé sa fille sur le front, puis il était revenu sans bruit dans le salon de la petite maison et avait regardé longuement, sans trop savoir pourquoi, le parquet en chêne qu'il avait posé de ses mains. Il avait fixé plus longuement encore celle qui était toujours sa femme et qui s'était allongée sur le canapé, *épuisée nerveusement* qu'elle était, après la violente dispute qui avait éclaté. Michel Stern aurait voulu lui dire qu'il l'aimait encore et qu'il était homme à pardonner. Mais il ne trouva pas les mots. Il avait si peur d'être ridicule. Alors, au lieu de parler, il avait attrapé son paquet de cigarettes bleuté et orné de la célèbre gitane, son blouson de cuir, les clés de sa Rover et avait lancé un bonsoir qui n'avait pas trouvé d'écho. Il avait hésité, puis franchi le seuil de son domicile pour la dernière fois. Cela, il ne le savait pas encore. Pas plus que ce serait un certain Romain qui se chargerait de lui amener, dès le lendemain, deux valises pleines de ses vêtements dans l'hôtel bas de gamme où il avait trouvé refuge, sur les pentes de la Croix-Rousse. Les deux hommes avaient échangé un simple et rapide regard sur le seuil de la très modeste chambre et cela avait suffi à Michel Stern pour jauger l'amant de sa femme. *Ce type est faux et malsain.* Voilà ce qu'il s'était immédiatement dit. Évidemment. Aurait-il pu en être autrement ? Michel Stern avait pris les valises sans un mot et refermé prestement la porte. Ses livres, il ne les avait revus que bien plus tard. Après le jugement du divorce. Un matin, il les avait récupérés, rangés à la va-vite dans des cartons que ce Romain, toujours lui, avait entreposés dans le petit jardin, revenu à l'état de quasi-friche. L'homme avait ensuite retrouvé le droit de voir sa fille, un week-end sur deux et la moitié des vacances scolaires, depuis qu'il avait emménagé dans ce nouveau logement situé à quelques encablures du parc de la Tête d'or. « *Jeanne, la clé que tu me demandes, même si je voulais te la donner, je ne l'ai plus ma chérie, tu penses bien.* » Jeanne était toujours prostrée sur sa chaise de cuisine et elle lança entre ses dents « *Qu'est-ce que t'en sais ? Tu l'as même pas cherchée. Alors, comment tu peux dire que tu l'as plus ? T'es nul. NUL !* » Le visage de Michel Stern s'empourpra aussitôt et l'homme se mit à hurler « *Je ne te permets pas de me parler comme ça, Jeanne, et j'en ai plus que par-dessus la tête de ton caprice de clé, ça suffit maintenant. Excuse-toi !* » La petite fille releva son visage et fixa froidement son père, sans un mot. Ce n'était plus le regard d'une enfant. Plus du tout. Et ce qu'y lut Michel Stern le foudroya. Il fut traversé par une douleur au ventre en même temps que par une abominable intuition. *Elle a besoin de cette clé pour s'enfermer et se protéger.* L'homme s'efforça de ne rien laisser paraître, mais il pâlit soudainement, aussi vite qu'il avait rougi et se figea. À tel point que Jeanne prit peur. Elle se leva et balbutia : *« Pardon. C'est pas grave papa, pour la clé, c'est pas du tout grave. Excuse-moi, papa. »* Elle ne lui avait jamais vu un tel visage. L'enfant marqua un temps puis, les bras grands ouverts, elle s'élança vers son père en souriant. L'homme la laissa venir à lui et, après avoir étreint de façon mécanique durant quelques secondes le frêle corps de la petite fille, il la repoussa et lui saisit le bras plus fermement qu'il ne l'aurait voulu : *« Qu'est-ce qui se passe Jeanne ? Qu'est-ce qui ne va pas ? »* Jamais non plus, il ne s'était adressé à elle de cette manière. La fillette le regarda cette fois avec de grands yeux étonnés. *« De quoi tu parles, papa ? »* Le cœur de l'homme battait si fort que l'enfant se mit à fixer les rapides va-et-vient qui agitaient la poche gauche du tee-shirt trop ajusté de son père. *« Tu te comportes mal à l'école, Jeanne, très mal. Tu racontes des histoires à dormir debout, des mensonges plus gros que toi à ta maîtresse. À la maison, trois fois de suite, tu n'as pas voulu prendre ton bain, tu boudes pour un oui ou pour un non, plus rien n'a l'air de te faire plaisir, et maintenant tu fais un caprice pour cette clé, aussi, je te le redemande pour la dernière fois : qu'est-ce qui ne va pas ? Et dis-moi la vérité ! »* Michel Stern s'interrompit. Il ne savait pas du tout comment tourner ça. Il serra plus fort encore le bras de Jeanne. *« Mais je te dis toujours la vérité, papa. »* L'homme plongea dans les yeux de son enfant en une longue, très longue apnée, avant de lâcher d'un trait : « *Il est gentil avec toi, Romain ?* » Jeanne écarquilla ses yeux sombres de plus belle. « *Très gentil. Pourquoi ? Très gentil. Tu me fais mal au bras, papa.* » L'homme desserra sa prise et Jeanne en profita pour se blottir à nouveau contre lui. L'odeur chaude et rassurante de son père lui donna des ailes. « *La vérité, c'est exactement ce que tu as dit papa. J'ai entendu des bruits dans le jardin. Plusieurs fois. Des voleurs, sûrement. C'est facile d'enjamber la barrière, tu sais bien, tu le disais tout le temps. Et moi. Je ne veux pas qu'on me prenne mon vélo. Je l'aime tellement. Tu te souviens quand on est allés l'acheter tous les deux ?* » Jeanne se détacha un peu de son père et lui sourit d'une manière désarmante. « *Et puis, tu sais comment est maman. Elle se fait encore plus de souci que toi pour tout. Et elle est déjà très fatiguée par son travail en ce moment, elle s'énerve vite. C'est pour ça que je ne veux pas lui en parler. Toi et moi, on se comprend mieux. Tu ne lui diras pas pour les bruits que j'ai entendus, hein, papa ? Promis ? Ni pour la clé ?* » Michel Stern avala péniblement sa salive. « *Je t'aime, papa.* » L'homme ne voulut rien dire. Rien ajouter. Rien objecter. Il avait tellement peur de détruire ce moment. De le fracasser. D'un mot, d'une phrase. Et puis. Il ne savait plus quoi penser. Il regarda les membres si minces de sa fille, son petit visage de poupée, enfoui sous la cascade d'anglaises brunes et il éprouva soudain une grande honte d'avoir eu des pensées si monstrueuses. L'homme les balaya comme on chasse une mouche, d'un revers de la main. Jeanne, elle, brava sa hantise de la barbe naissante et drue qui recouvrait toujours les joues de son père le week-end pour y déposer un baiser, puis elle se retira vers la petite chambre qu'il avait si joliment aménagée pour elle. L'homme suivit l'enfant de près et s'appuya sans bruit contre l'encoignure de la porte. Jeanne était assise sur la moquette claire à motifs floraux et lui tournait le dos. Elle coiffait patiemment une de ses innombrables poupées Barbie. La fillette sentit très clairement que son père l'observait et elle se conforma à ce qu'elle savait qu'il attendait d'elle. De la douceur dans ses gestes. De la gentillesse avec ses poupées. Elle murmura même une petite chanson idiote que sa stupide institutrice leur avait appris. « *Quand je mets mon p'tit béret, C'est pour aller au muguet. Et je mets mon chapeau rond, pour aller aux champignons. Quand je mets mon grand chapeau, c'est pour jouer du piano.* » Elle avait failli provoquer une catastrophe. Son papa avait failli deviner son secret. Et alors il en aurait parlé à maman. Et alors Romain. Romain aurait fait du mal à maman. Comme il lui répétait toujours, si jamais elle racontait. Si elle parlait de ce qu'il lui faisait. À qui que ce soit. *Même un mot.* Il ne fallait pas que Romain fasse du mal à maman. Non. Elle avait *vraiment failli provoquer une catastrophe*. Il ne fallait pas que cela se reproduise. Non. Il fallait qu'elle. Qu'elle soit plus gentille encore. Et qu'elle mente mieux. Cela avait été tellement dur quand papa avait posé toutes ces questions. Mais ça, ce n'était rien. Non.

Le pire était qu'elle n'aurait pas la clé de la cabane. Elle en aurait pleuré. Tout son plan tombait à l'eau. Elle l'avait préparé avec tant de minutie. Elle en avait tant rêvé. « *On fera tes devoirs après, Jeannette ?* » La fillette se retourna en sursautant : « *Je ne savais pas que tu étais là, papa, oui bien sûr, je sais toute ma table de quatre, tu vas voir et après, on fera le bain, avec plein de mousse* ». Elle éclata de rire. « *Tu en fais une tête, papa ! Tu as l'air tout fatigué. Tu devrais t'offrir une petite sieste comme tu aimes bien après la promenade.* » Michel Stern se dit que sa fille était un ange et qu'elle avait raison. Qu'il devrait d'ailleurs davantage se méfier de sa propre fatigue, elle lui avait souvent joué de très mauvais tours et fait faire, dire ou penser n'importe quoi. Et en ce moment, force était de reconnaître qu'il était exténué par des insomnies à répétition. Après tout, cette clé n'était qu'une lubie d'enfant, voilà tout. Il regarda sa fille habiller avec soin ses Barbie, maintenant que leurs cheveux étaient parfaitement coiffés. Elle était si petite encore. Il s'en voulut horriblement de l'avoir malmenée en empoignant son bras si fluet et de l'avoir certainement perturbée avec ses insinuations sur Romain. Quel imbécile il était. « *Jeanne, pour la clé, tu me promets que c'est vraiment à cause des bruits que tu as entendus pendant la nuit ? Il n'y a rien d'autre, c'est bien vrai ?* » La petite fille opina gravement de la tête « *Bien sûr, papa.* » L'homme gratta son crâne, toujours à l'endroit de sa calvitie naissante. C'était un tic qu'il avait maintenant. « *Je crois bien que tu t'inquiètes pour rien, Jeannette, ce que tu entends, ce sont des bruits qui viennent de la rue. Pas du jardin. De la rue. Des gens qui marchent, qui parlent, qui sortent des voitures. Qui rentrent un peu tard chez eux. Tu comprends ? Il ne faut surtout pas que ça t'empêche de dormir. Mais si ça peut quand même te rassurer. Je crois aussi qu'il y avait un double. Tu sais. Un double de la clé de la cabane du jardin. J'ai laissé des outils dans une caisse là-bas, il est peut-être avec. On pourrait dire à maman que je dois jeter un coup d'œil à ton vélo et je le chercherai, le double de la clé, quand je te ramènerai demain soir.* » Jeanne adressa à son père un sourire qui fendit son joli visage en deux et creusa l'unique fossette qu'elle avait sur la joue gauche. *« Oh, merci, papa ! »* L'homme s'éloigna dans le couloir et Jeanne suivit des yeux le dos légèrement voûté de son père qui retournait dans la cuisine. Il allait sûrement fumer une Gitane sur le petit balcon. Oui. Les mains de la petite fille se serrèrent sur la poupée Barbie qu'elle tenait toujours. Elle avait eu ce qu'elle voulait. La clé. La clé, papa allait la chercher. Et la trouver, bien sûr. Elle avait eu ce qu'elle voulait. En étant gentille. Voilà. Il fallait qu'elle apprenne à mieux dissimuler encore, oui. Être gentille, voilà. Et mieux dissimuler encore.

5

Paris – jeudi 8 novembre 2018

Une voix enregistrée lui demanda de patienter et lui assura que tout était fait pour traiter son appel dans les meilleurs délais, puis une musique d'attente se fit entendre, c'était une version ultra-simplifiée, trop rapide et synthétique, de la *Lettre à Élise*. Il faisait chaud en ce matin d'automne. Lourd. Jeanne éloigna le smartphone de son oreille, mit le haut – parleur, réglant le volume le plus bas possible, puis elle jeta négligemment l'appareil sur la table basse. *Mi-ré# – mi-ré# – mi-si-ré-do-la*. Pauvre Ludwig van. Pauvre Beethoven. La jeune femme s'allongea sur le canapé en lin. Où Gabriel pouvait-il bien être ? Elle avait soif. Elle avait envie d'un café. *Mi-ré# – mi-ré# – mi-si-ré-do-la*. Son regard tomba sur la bouteille de whisky japonais restée sur la table et dont elle lui avait servi un verre à son retour hier soir. Un léger picotement la traversa. D'abord, comme une sensation vague mais qui se précisait peu à peu. Quelque chose ne collait pas dans le déroulé de cette soirée cauchemardesque. Non. Jeanne se concentra mais elle ne sut pas identifier ce qui la gênait et repoussa son trouble d'un vague sourire. Évidemment que ça ne collait pas. N'importe qui, à commencer par sa concierge, lui aurait expliqué qu'elle s'était enlisée dans une relation destructrice, toxique et dangereuse et qu'elle devrait se sortir de là au plus vite, tout de suite, maintenant. Ce qu'elle ne faisait pas. Ce qu'elle ne *pouvait* pas faire. Voilà ce qui ne collait pas. « *Cabinet de gynécologie. Ne quittez pas. Nous allons donner suite à votre appel dans les plus brefs délais.* » La voix suave n'avait interrompu que très brièvement la bagatelle de Beethoven en la mineur. Et le massacre au synthétiseur reprit. Massacre pour une bagatelle. *Mi -ré# – mi- ré# – mi-si-ré-do-la.* Jeanne se redressa et passa ses mains dans ses boucles emmêlées. À nouveau, son regard s'arrêta sur la bouteille de whisky japonais. Le single malt titrait à plus de 61 degrés. Jeanne soupira. Elle se désespérait elle-même. 61 % d'alcool. Quelle brillante idée elle avait eu d'offrir à Gabriel cet amplificateur d'irascibilité pour leur anniversaire de mariage. D'autant que lui l'avait complètement oublié cette année. Il avait seulement rougi en prenant le paquet cadeau que Jeanne lui tendait et avait haussé les sourcils en découvrant la précieuse bouteille de Chichibu millésimé 2011, puis il avait balayé son omission d'un revers de la main assorti d'une courte tirade sur sa charge de travail, surhumaine, des semaines passées, qui l'avait entièrement absorbé. Gabriel n'avait rien fait ni tenté le lendemain pour se rattraper. Jeanne ne pouvait pas lui en vouloir. Non. Elle se disait même qu'elle aurait dû, comme lui, mettre un terme tacite à cette célébration grotesque, *leur anniversaire de mariage*. L'année précédente, pour leurs noces de cuir, Gabriel lui avait pourtant fait livrer un spectaculaire bouquet de pivoines dans lequel il avait glissé un mot l'invitant à le rejoindre en début de soirée à son bureau, pour qu'ils aillent ensuite dîner en tête-à-tête chez Taillevent. Il savait parfaitement que l'épaule d'agneau dorée et les crêpes Suzette flambées qu'on y servait étaient pour Jeanne un sommet du plaisir gastronomique. Mais le repas avait inévitablement tourné au cauchemar. Ils avaient croisé, en entrant dans le superbe restaurant, un ami de Jeanne avec lequel Gabriel avait eu un violent conflit quelques années auparavant. Une simple mésentente sur un sujet politique mais qui avait tourné au pugilat et s'était soldée par un échange de mots définitifs entre les deux hommes, et un énorme coquard pour Gabriel. Ce soir-là, chez Taillevent, Jeanne avait pourtant trouvé naturel d'aller saluer cet ami qu'elle n'avait pas revu depuis l'incident et qu'elle aimait tant. Elle l'avait serré dans ses bras et promis de bientôt l'appeler. Gabriel, quant à lui, avait vivement passé son chemin jusqu'à la table qui leur était réservée. Lorsque Jeanne avait rejoint son mari quelques instants après, il avait commencé par la foudroyer du regard puis il lui avait servi toute une litanie d'accusations – de haute trahison, d'incohérence, de bêtise crasse – et d'insultes sifflées à voix basse dans cet endroit si feutré. Il avait récité son catalogue d'anathèmes depuis les mises en bouche, si raffinées dans leurs délicates verrines, jusqu'aux fameuses crêpes Suzette que Jeanne avait trouvées indigestes ce soir-là. Gabriel avait seulement suspendu son soliloque lorsque le serveur dévolu à leur table s'approchait d'eux pour servir ou desservir, ou qu'il venait remplir à nouveau leurs verres de cet exceptionnel château Haut-Brion 1986 que Gabriel avait commandé si doctement. Le pire avait été le mépris et le dégoût avec lesquels l'homme avait jeté sa carte bancaire de couleur platine sur l'addition, dont le montant devait s'élever à la bonne moitié d'un Smic. Dans le taxi du retour, Gabriel s'était tu. Enfin. Il avait seulement fait montre dans l'étroit habitacle d'une froideur encore plus minérale qu'à l'ordinaire. Durant la nuit qui avait suivi, dans le lit conjugal, Jeanne n'était absolument pas parvenue à trouver le sommeil et elle avait eu plusieurs fois la sensation d'étouffer. Elle avait dû s'asseoir, avec mille précautions de peur de réveiller Gabriel, pour reprendre de l'air, puis elle avait été assaillie de spasmes digestifs et de regrets. Pourquoi n'avait-elle si obstinément rien trouvé à répondre à son mari ? Pourquoi ne s'était-elle pas défendue ? Pourquoi *tout* devait toujours tourner à la catastrophe ? Vers cinq heures du matin, la jeune femme s'était mise à pleurer, doucement, mais sans pouvoir s'arrêter, alors elle s'était levée et avait fait du café dans la cuisine, sans bruit, puis elle s'était installée devant son ordinateur. Charlie et Marie-Lou l'attendaient gentiment, comme toujours. Jeanne pensait simplement relire et corriger son travail de la veille, mais en réalité elle s'était retrouvée à écrire comme elle ne l'avait jamais fait. Les laborieux *deux-mille-cinq-cents-signes* quotidiens s'étaient mués en un flot de mots parfait et ordonné et qui semblait seulement la traverser pour venir former ce qui allait devenir la plus célèbre histoire de ses deux héros miniatures. Son éditeur avait tout de suite senti le potentiel énorme de cet épisode et en avait d'emblée fait un important tirage. Il ne s'était pas trompé. Jeanne avait connu son premier véritable succès, elle était désormais traduite dans vingt-cinq pays et était donc en lice pour recevoir le prix Astrid Lindgren. Et l'importante dotation de cinq millions de couronnes suédoises qui reviendrait au lauréat le 2 avril prochain. *Mi-ré# – mi-ré# – mi-si-ré-do-la.* Jeanne porta ses mains aux oreilles. Ça ne répondrait donc jamais. Quand elle l'avait appris, Jeanne avait encore une fois éprouvé une sensation d'imposture, persuadée qu'elle était qu'on lui parlait de quelqu'un d'autre, que son nom n'avait pas pu rejoindre la liste des si talentueux autres nominés. Et comme Gabriel avait seulement réagi à cette annonce par un sourire en coin suivi d'un bref hochement de tête, cela avait encore renforcé pour la jeune auteure qu'elle était encore cette impression d'irréalité. « *Cabinet de gynécologie, merci d'avoir patienté, je vous écoute.* » Jeanne se redressa soudainement pour prendre son téléphone et son regard croisa à nouveau la bouteille de whisky. Elle ne pouvait plus s'en détacher. « *Cabinet de gynécologie, je vous écoute…* » Quelque chose la gênait trop. Oui. Quelque chose ne collait pas dans l'atroce déroulé de la soirée d'hier. Entre le moment où elle avait annoncé à Gabriel quand il était assis ici même, sur ce foutu canapé en lin, qu'elle pensait *peut-être* être enceinte et le déferlement de violence qui avait suivi dans la cuisine, il s'était passé quelque chose. Maintenant, cela lui apparaissait clairement. *« Allo ? Allo ? Cabinet de gynécologie, je vous écoute.* » Gabriel était un sanguin véritable, un pur, elle en savait quelque chose, s'il avait dû réagir si brutalement à l'annonce de cette *possible* grossesse débutante, il l'aurait fait tout de suite. Pas dix minutes après. Et puis, il l'avait immédiatement suspectée d'avoir sciemment omis de prendre sa contraception. Franchement, pilule ou pas, ce genre de considération n'était vraiment pas dans les préoccupations habituelles du Grand Éditeur. Non décidément, ça ne collait pas. Gabriel ne lui avait posé aucune question et l'avait tout de suite accusée. Jamais elle n'avait lu une telle exécration dans ses yeux, un éclat si froid et si destructeur. *« Allo ? »* Jeanne s'empara de son smartphone et raccrocha. Gabriel avait-il téléphoné pendant les quelques minutes où elle l'avait laissé en tête-à-tête avec son verre de Chichibu ? Tout son sang se glaça. Elle n'avait parlé qu'à une seule personne de. Du risque qu'elle avait pris un soir alors qu'elle avait arrêté sa contraception. Mais il était impossible qu'*elle*. Un frisson parcourut l'échine de la jeune femme. En même temps. Elle savait trop de quoi *la raclure* était capable. Jeanne se leva d'un bond. Une brusque chute de tension la fit chanceler un instant, elle s'accrocha au montant de l'énorme bibliothèque derrière elle, porta machinalement la main vers son bas-ventre, puis elle se dirigea rapidement vers la chambre. Une pulsion de haine l'envahit en même temps qu'une forte nausée. Si c'était *elle,* si c'était *la raclure* que Gabriel avait discrètement appelée pour digérer l'annonce de cette possible grossesse et qu'*elle*. Non. Trop de trahisons. Non. Mais. Si c'était *elle* quand même. Alors Jeanne *la* tuerait de ses mains. Comme elle aurait déjà dû le faire. Mais avant, il fallait qu'elle en soit sûre. Qu'elle soit certaine que Gabriel et *la raclure* se soient parlé ou qu'ils aient échangé des messages durant le court intervalle qui avait précédé le déchaînement de cris et de coups. Puisqu'il avait oublié son téléphone, Jeanne allait en avoir le cœur net. Mais en poussant la porte de sa chambre, elle en avait déjà la conviction. Oui. Elle savait trop de quoi *la raclure* était capable.

La faiblesse des tout-puissants*

6

Saint-Jean-le-Thomas (Manche) – 30 septembre 2019

Un tourteau de bonne taille approchait de sa tête horriblement rougie par le soleil. L'homme avait cessé de s'enliser au niveau du menton, à l'instant même où il avait cessé de s'agiter. Sans doute parce qu'il ne le pouvait plus du tout. Il toussa furieusement. Le mélange compact de sable, d'argile et d'eau salée qui emprisonnait maintenant tout son corps se glissait entre ses lèvres fines, et il peinait de plus en plus à le recracher. Sa langue allait et venait sans discontinuer, d'une manière grotesque, pour tenter de s'en débarrasser mais plus il entrouvrait la bouche, plus le sable détrempé y pénétrait profondément. Il crachota quelques graviers minuscules et jeta à la femme qui se tenait debout devant lui un regard encore plus désespéré que tout à l'heure. La marée montait moins vite qu'elle ne l'aurait cru. L'homme allait être étouffé par tout ce sable avant d'être noyé. Cela la contraria. La femme se retourna et mit sa main en visière pour fixer l'horizon. Les premières vagues étaient loin encore et leur inéluctable progression presque imperceptible vue d'ici. Elle inspira une grande bouffée d'air iodé. Le crabe arriva à la hauteur de l'oreille droite de l'homme et, après une brève hésitation, entreprit d'explorer cet étrange coquillage. L'homme voulut hurler. Mal lui en prit. Toute sa cavité buccale s'emplit de sable mêlé d'eau de mer. Ses yeux s'exorbitèrent. Le manque d'oxygène empourpra un peu plus son visage et son crâne dégarni. De loin, on aurait certainement cru à un ballon rouge échoué sur cette grève déserte et inaccessible aux touristes. La femme aurait volontiers shooté dedans, mais elle préférait être certaine que l'homme resterait conscient le plus longtemps possible, qu'il verrait, comme elle l'avait prévu, les flots glacés arriver vers lui avec le soir et qu'il sentirait peut-être quelques giclées d'eau salée lui brûler les yeux, avant d'être englouti. Elle se baissa et ramassa le fin et long morceau de bois flotté qui lui avait servi de repère et qu'elle avait précautionneusement positionné sur la plage, peu avant d'y revenir avec lui. La femme se pencha à nouveau, vers le visage de l'homme cette fois. Un instant, elle lut dans ses yeux l'espérance qu'elle allait chasser le tourteau avec son bâton. Mais elle se contenta de retirer un peu du sable qu'il avait dans la bouche, puis, toujours aidée de son instrument de fortune, elle poussa un gros caillou blanc poli par la mer sous son menton, de manière qu'il puisse bien voir, pour un bon moment encore, la marée monter jusqu'à lui. La lueur d'espoir s'éteignit dans les yeux de l'homme et la femme s'éloigna. Elle garda le bâton dans sa main droite. Cela lui ferait un joli souvenir. Alors qu'elle atteignait les premiers rochers qui bordaient cette petite plage invisible depuis la route et bientôt entièrement recouverte par la mer, la femme entendit l'homme hurler son prénom du fin fond de sa gorge et de sa poitrine. Elle ne se retourna pas. Mais un sourire se dessina sur ses lèvres. Elle était heureuse que ce soit sans doute le dernier mot que l'homme ne prononcerait jamais. Elle se dit qu'il allait avoir de longues minutes pour penser à elle maintenant et, de cela, la femme se réjouit profondément. Elle escalada le dernier bloc de pierre et atteignit la rocade sinueuse qui surplombait la côte. Les sables mouvants étaient plutôt rares dans cette partie du littoral, mais pas exceptionnels non plus, surtout lors des grandes marées comme celles de ces derniers jours, dont les coefficients culminaient à plus de 100. Elle les avait longuement étudiés, puis avait appris à les repérer et à en accentuer la dangerosité en détrempant d'abord en amont la petite zone où ils se formaient naturellement, puis en y injectant une pâte argileuse. Ce n'était pas très difficile. Ensuite, il avait fallu qu'elle balise minutieusement leur promenade. La femme déverrouilla sa berline noire à distance et celle-ci émit un bip en même temps que les phares s'allumèrent. En démarrant, elle jeta un rapide coup d'œil au siège passager en cuir beige à côté d'elle. La place du mort, disait-on. Avait-il été naïf tout de même pour s'y asseoir avec autant de confiance, après ce simple verre qu'ils avaient bu ensemble pour *fêter leurs retrouvailles,* un peu plus tôt dans l'après-midi. Il faisait une chaleur intenable dans le véhicule, la femme en abaissa électriquement toutes les vitres. Elle entendit alors que, du fond de son gouffre, l'homme hurlait à nouveau son prénom. Elle s'assura d'un rapide coup d'œil que personne aux alentours ne pouvait l'entendre, puis elle effleura l'écran tactile du tableau de bord, régla la climatisation au maximum, remonta les vitres et connecta en mode aléatoire la bibliothèque musicale de son iPhone avec l'ordinateur de la voiture. Lorsqu'elle enclencha la première vitesse, Chet Baker se mit à susurrer *My Funny Valentine* au cœur des dix haut-parleurs de grande puissance répartis dans tout le luxueux habitacle. La femme jeta un dernier regard vers le contrebas, il lui sembla que la mer se rapprochait vite maintenant. Elle aurait tant aimé assister jusqu'au bout à l'agonie de l'homme. Mais elle savait que ce ne serait pas prudent. Ils avaient été vus ensemble en ville et si le corps était rejeté par les flots dans les prochains jours, comme elle le pensait, et qu'une enquête de principe était ouverte, il fallait absolument qu'on puisse témoigner de sa présence à l'hôtel au moment de la pleine mer. Elle ne pouvait pas s'attarder davantage. La femme quitta le bas-côté de la route où elle s'était garée. Elle abaissa le pare-soleil tant la luminosité était encore forte malgré l'heure tardive. Cela avait vraiment été une journée splendide pour une fin septembre. Elle avait tellement hâte de lui en raconter chaque détail. Elle hésita un instant à l'appeler, mais elle préféra s'en tenir à son plan. Elle avait pris soin de mettre son portable en *mode avion* depuis le début de l'après-midi pour qu'il ne borne pas par ici et ce n'était certainement pas le moment de le réactiver. Elle attendrait donc d'être rentrée à l'hôtel. La femme suivit la route côtière dans un mélange d'euphorie et de grande nervosité. Elle repensait à ce que l'homme lui avait dit en faisant le chemin inverse, à peine deux heures auparavant. Quelle ordure. Elle espérait que la fin qu'elle lui avait réservée n'était pas trop douce. Lorsque la femme s'engouffra bien trop vite sous l'étroit tunnel qui la mènerait en un rien de temps à l'hôtel, elle ne comprit pas immédiatement d'où venaient les deux puissantes lumières qui l'aveuglèrent. Elle appuya autant qu'elle put sur la pédale de frein, plissa les yeux et il lui sembla reconnaître, durant quelques infimes secondes, la voiture qui arrivait sur elle à pleine vitesse et à contresens.

7

Lyon – samedi 23 avril 1988

Ses paupières se fermaient toutes seules. Jeanne frotta ses yeux qui piquaient. Elle éteignit la lampe de chevet. Cette nuit, elle dormait chez son papa. Oui. La petite fille bâilla à s'en décrocher la mâchoire. Elle pouvait s'abandonner à l'obscurité. Cette nuit, aucun ogre n'entrerait dans sa chambre pour arracher sa culotte. Aucun monstre ne viendrait lui fourrer son sexe puant dans la bouche. Non. Elle laissa tomber au sol son manuel de lecture, dans lequel elle avait soigneusement glissé une jolie photo de sa maman en guise de marque-page. Elle finirait de lire l'histoire de Pouce-Poussin demain. La fillette aurait ainsi quatre chapitres d'avance sur ses camarades. D'ailleurs, elle les devançait sur presque tout. Sans en tirer pour autant aucune gloire. Non. Lire, apprendre, comprendre était simplement pour elle de puissantes échappatoires, des flotteurs, certes à la dérive, mais auxquels elle s'accrochait comme elle pouvait. Noyée en sursis qu'elle était. Pendant qu'elle s'agrippait à un récit, à une conjugaison, à la liste chronologique des premiers rois de France, à un problème ou une addition avec retenue, elle ne pensait pas à Romain. Non. Elle ne s'enfonçait plus dans les eaux froides et terrifiantes où l'entraînait continuellement l'homme, toujours plus loin vers le fond. Elle n'était plus dans ce puits sombre où, obstinément, il commençait par lui enfoncer la tête, puis tout le corps. Pendant qu'elle récitait mentalement une poésie, une leçon, qu'elle déchiffrait un nouveau paragraphe, Jeanne remontait à la surface. Oui. Elle sortait pour quelque temps son visage du gouffre saumâtre et *Romain la laissait en paix*. Ses très bons résultats scolaires avaient aussi l'avantage de lui permettre, peu à peu, d'échapper aux questions de son imbécile d'institutrice sur son silence, son isolement et son manque d'attention en classe depuis plusieurs mois. Oui. Son importante collection de 10/10 commençait à franchement clouer le bec de l'enseignante. Et puis, la petite fille sentait qu'elle lui avait assez manifesté d'indifférence maintenant pour que l'insupportable inquisitrice l'ignore enfin en retour. Elle aussi, bientôt, *la laisserait en paix*. Oui. La grosse femme ne la tourmenterait plus avec ses interrogatoires enrobés de sourires mielleux. Et pourquoi elle ne levait plus jamais le doigt, et pourquoi elle ne s'amusait pas dans la cour avec les autres et est-ce qu'elle dormait mieux maintenant ? Le supplice prendrait fin. Bientôt. Oui. Jeanne savait qu'elle avait presque tout à fait désespéré l'importune. Le seul incident notable avait été la nouvelle convocation de sa maman, à la suite du bobard énorme que la petite fille lui avait jeté en pleine face. Dans une ultime tentative de lui venir en aide, la collante maîtresse s'était assise à côté d'elle dans le bus qui les ramenait d'une visite à la cathédrale Saint-Jean dans le Vieux-Lyon. La classe était allée y admirer l'extraordinaire mécanisme des automates de l'horloge astronomique, qui datait de 1379, et qui avait beaucoup impressionné Jeanne, tout comme le lieu. D'autant plus que la fillette n'avait que très rarement mis les pieds dans un édifice religieux. Après avoir détaillé longuement les voûtes en forme d'abside du majestueux bâtiment trente-deux mètres au-dessus d'elle, puis les couleurs si vives des vitraux, la petite fille avait regardé, avec beaucoup d'étonnement, les trois petits anges de l'immense horloge qui s'étaient mis à actionner, à 14 heures tapantes, leurs petits marteaux contre des cloches. Les tintements avaient formé une musique douce, entêtante et féerique. Jeanne en était restée bouche bée. Puis la Vierge Marie s'était tournée vers un ange plus grand, aux ailes dorées, qui avait surgi d'une porte dérobée, sous les petits cris admiratifs des enfants. « *L'Archange Gabriel* » avait dit la dame qui commentait la visite. *Gabriel.* Quel beau nom avait pensé Jeanne. Une colombe était descendue brièvement entre la Vierge et l'Archange. « *L'Esprit saint* » avait encore dit la dame. « *On dirait un poulet* », avait gloussé un garçon de la classe, que l'institutrice avait aussitôt empoigné et emmené plus loin. La dame avait ensuite expliqué que la jolie musique jouée par les trois petits anges était *l'Hymne de saint Jean-Baptiste,* puis elle s'était tournée vers un radiocassette posé sur une chaise non loin d'elle et l'avait mis en marche.

« *Écoutez.* » Un chant en latin s'était élevé dans les airs, mais la plupart des enfants tendaient plutôt l'oreille vers leur maîtresse et le lourdaud qu'elle sermonnait fortement. L'hymne s'était interrompu et Jeanne avait levé la main. *« Qu'est-ce qu'elle veut dire la chanson* ? » La femme avait regardé l'enfant, reconnaissante d'avoir trouvé un peu d'attention au milieu de son petit auditoire ricanant. Elle lui avait tendu une feuille où étaient écrites les paroles du chant en français, au-dessous d'une partition. Jeanne les avait parcourues. Ses yeux s'étaient soudainement arrêtés sur la deuxième ligne. *« Pour que tes serviteurs puissent chanter à pleine voix les merveilles de ta vie, efface le péché qui souille leurs lèvres, saint Jean !* » L'enfant avait été traversée par un frisson. Elle avait lu et relu ces quelques mots. Ils la bouleversaient sans qu'elle en saisisse pourtant complètement le sens. Jeanne avait levé à nouveau la main en direction de la dame. « *Et qu'est-ce que ça veut dire "qui souille leurs lèvres", s'il vous plaît ?* » La femme avait écarté les mains, dans un signe d'évidence : « *Qui salit. Qui salit leur bouche. Ça veut dire, pour les croyants, qu'en chantant cet hymne, ils prient pour que soit effacé ce qui est impur sur leurs lèvres, enfin, en eux, ce qui est mal. Le péché.* » La petite fille avait baissé à nouveau ses yeux sur la feuille de chant. Ils s'étaient aussitôt injectés de larmes. *Qui souille leurs lèvres.* Des flashs nocturnes de Romain forçant encore et encore sa bouche, la tenant par les cheveux et lui giclant un liquide tiède l'assaillirent. L'odeur surtout. L'odeur était là, sur elle. Partout. Jeanne passa une main machinale sur son visage et inspira longuement. Elle essaya de chasser les images et ravala un sanglot pour balbutier : *« Ils prient en chantant pour effacer le mal sur leurs lèvres ? »* La dame lui avait souri avec beaucoup de douceur. *« Oui. »* L'enfant avait relevé sur elle ses yeux noirs et brûlants et les avait écarquillés. *« Je ne sais pas prier »*, avait-elle lâché dans un souffle. Cette fois, la grande femme maigre aux cheveux blancs avait regardé Jeanne plus attentivement, en fronçant les sourcils. « *Mais tu sais chanter, mon petit. Et si tu le fais vraiment de tout ton cœur, en demandant au Seigneur de t'aider, tu seras entendue* » lui avait-elle répondu gravement. L'institutrice, qui n'avait rien perdu de l'échange, avait frappé dans ses mains. *« Nous allons retourner vers le bus, il est l'heure de rentrer, mettez-vous en rang. »* Jeanne avait jeté un dernier regard autour d'elle. Et un nouveau frisson l'avait traversée. Non. Elle ne serait pas entendue. Jamais. Impure, salie, souillée. Les mots étaient retombés sur elle en pluie fine. Et s'étaient gravés sur sa peau. Impure, salie, souillée, voilà ce qu'elle était. Sur sa peau. Et jusqu'au plus profond d'elle. Et aucune prière ne la laverait jamais de ces marques, aucun chant n'effacerait jamais la saleté en elle et sur sa bouche. Non. Sur le parvis de la cathédrale, la dame de la visite les accompagnait encore, elle s'était approchée de Jeanne et la fillette lui avait mécaniquement tendu la feuille de chant. « *Tu peux la garder, petite. Et tu peux aussi demander à tes parents de t'inscrire au catéchisme, si tu en as envie.* » Mais Jeanne était déjà repartie derrière ses épaisses murailles et n'avait plus accordé aucune attention à la femme. Elle aurait tant aimé *qu'on la laisse en paix* maintenant. Seule. Avec sa souillure. Mais malheureusement, l'institutrice s'était serrée contre elle dans le bus du retour et l'avait regardée avec des yeux ronds, sitôt qu'ils s'étaient mis en route pour l'école. Puis la fâcheuse lui avait pris la main. Et l'avait serrée. Fortement. À un point tel que Jeanne n'arrivait pas à se détacher de cette insupportable étreinte. « *C'est bien que tu te sois intéressée comme ça à l'hymne que nous avons écouté Jeanne. Tu as trouvé ça beau, émouvant, ça t'a touchée ?* » Pour toute réponse, l'enfant avait suivi des yeux le paysage urbain à travers la vitre sale où elle avait posé sa tête. « *Tu veux qu'on le lise ensemble et que je t'explique certains mots que tu ne comprendrais pas ?* » Cette fois, Jeanne avait réussi à arracher sa main de celle de sa maîtresse et avait déchiré brutalement la partition qu'elle tenait toujours. Puis la petite fille avait planté deux yeux haineux en plein dans ceux de la femme rondelette qui avait reculé sur son siège et demandé avec épouvante : « *Qu'est-ce qui se passe, Jeanne ?* » Ce mouvement avait provoqué un sentiment de toute-puissance chez l'enfant qui avait continué à fixer l'enseignante en silence durant quelques secondes. Puis elle avait lâché d'une voix basse et monocorde : « *Il se passe que ma petite sœur est morte, étouffée dans son lit par un monsieur qui lui faisait du mal en mettant des choses dans sa bouche.* » Quand sa maman était enfin sortie de la salle de classe où l'institutrice l'avait convoquée, Jeanne attendait dans le couloir, près de l'enfilade de petits portemanteaux. La belle jeune femme blonde avait soigneusement évité le regard de sa fille. Jeanne avait essayé de lui emboîter le pas et de lui donner la main, mais elle l'avait repoussée. La femme avait refermé son trench beige sans adresser un mot à l'enfant et s'était dirigée rapidement vers la cour de récréation et la grille de l'école. Jeanne, en portant son cartable trop lourd à bout de bras, avait hâté le pas pour ne pas être distancée. Puis elle avait couru pour rattraper sa mère qui, déjà, s'engouffrait dans la rue. La petite fille avait crié un « *Pardon, maman* » pathétique qui avait fait se retourner les passants. Alors, Patricia Berto qui durant huit années s'était appelée Patricia Stern avant de divorcer, Patricia Berto qui détestait les scandales avait stoppé net sa course. Elle s'était retournée vers cette enfant qui ne lui ressemblait pas, en rien, avec sa crinière sombre et emmêlée. Avec, présentement, de la morve sous le nez. Elle avait laissé la petite fille venir jusqu'à elle et lui avait froidement transpercé le cœur.

8

Paris – jeudi 8 novembre 2018

Ses doigts tremblaient trop. Jeanne ne parvenait pas à déverrouiller le smartphone de Gabriel. Voilà neuf fois pourtant qu'elle était certaine d'avoir tapé la bonne combinaison sur l'écran noir et brillant. À la dixième tentative, elle risquait de bloquer l'appareil. Jeanne se laissa lourdement retomber sur le lit. Gabriel avait sans doute changé le code de son téléphone. La jeune femme frissonna à l'idée qu'il ait deviné les fréquentes intrusions qu'elle y faisait et décidé d'y mettre froidement un terme. Elle ne saurait donc pas dans l'immédiat s'il avait bien parlé avec *la raclure* hier soir, comme elle le pressentait si fort. Elle fixa le sombre rectangle entre ses mains et le reposa. Plus généralement, elle ne pourrait pas accéder non plus aux messages de Gabriel ni vérifier la liste de ses appels. Cela perturba profondément la jeune femme qui perdait ainsi un des seuls moyens qu'il lui semblait avoir de contrôler un peu l'existence de son mari et par là même, la sienne. Jeanne se sentit encore un peu plus éjectée de leur semblant d'histoire et de son simulacre de vie. Car Jeanne *ne vivait pas*. Non. Elle ne faisait que ressasser sa haine. De son enfance. De *la raclure*. Parfois, oui, une fenêtre s'ouvrait en elle et elle écrivait des histoires qui emmenaient les enfants dans un monde merveilleux. Mais cela ne faisait pas une vie. Non. Tout au plus Jeanne parvenait-elle à imiter les gestes d'une vie banale. Mais sans la *vivre* jamais. Non. Vivre. C'était cette aptitude que Romain avait arrachée d'elle. Voilà trente années. Et cette infirmité, cette incapacité à vivre n'avait jamais cessé d'enfler en elle au lieu de s'amenuiser avec le temps. Trente ans, oui, à marcher à côté de sa vie, à regarder le monde à travers une vitre. Trente ans qu'elle s'était *séparée d'elle* pour avoir moins mal. Qu'elle mentait. Qu'elle trichait. Qu'elle préférait se raconter des histoires, et en raconter aux autres, oui, tant la vérité lui faisait mal et peur. Trente ans qu'elle était hantée par des flashs, assaillie par des odeurs qui la tiraient en arrière. La ramenaient toujours au tapis rouge du salon. À la cabane de jardin. Trente ans que Romain peuplait effroyablement ses jours, ses nuits. Trente ans que Romain posait sa main froide et pestilentielle sur sa bouche. Trente ans. Perpette. Putain. Voilà qu'elle repartait en vrille. Romain. Spectre. Vampire. Que venait-il faire encore ce matin dans le brouillard épais de ses pensées ? Dans le désordre de son esprit et de son lit ? Dans. Elle s'était pourtant promis tant de fois de ne plus jamais lui faire la moindre place. Jeanne enfouit son visage entre ses mains. Elle avait honte d'être si faible. Si ridicule. De ne pas progresser. Chaque jour était pourtant pour elle une bataille toujours recommencée contre cette saloperie qui *l'anéantissait de l'intérieur* et chaque soir, une comptabilité sèche de ses minables défaites. Elle chassa une ombre invisible d'un large mouvement du bras et s'allongea dans l'espoir de se calmer et de se raisonner. De profondes respirations l'y aidèrent un peu. Elle ferait mieux d'aller prendre un café et une douche, de manger et d'aller écrire. Voilà. Après tout, Gabriel pouvait bien faire ce qu'il voulait de son foutu téléphone. Et même de ses nuits. Elle finirait bien par savoir où il avait passé la dernière. Il allait bien finir par rentrer à la maison et. Et puis, *la raclure* aussi pouvait bien faire et dire ce qu'elle voulait. Et puis, il fallait qu'elle soit plus autonome. Plus. Elle devait rappeler Luca. Lui dire qu'elle lui enverrait les épreuves de son texte dans les temps. Oui. Finir d'écrire l'avant-dernier chapitre. Voilà. Écrire. Écrire et. Prendre confiance. *Se concentrer sur ses réussites.* Et. Jeanne essayait de toutes ses forces de dérouler ses gentilles pensées, comme l'héroïne du roman *feel good* qu'elle avait commencé et qui lui était tombé des mains, mais une puissante vague, ancienne, scélérate, venue des profondeurs et qu'elle connaissait trop bien, avait commencé à monter en elle et à les noyer. La jeune femme sentit la submersion approcher et bientôt recouvrir toute autre forme de pensée et de raisonnement. Elle se recroquevilla sur le côté et serra les poings. Non. Elle s'était promis de ne jamais recommencer. Pourquoi ce matin ? Pourquoi maintenant, après toutes ces années ? Déjà hier soir, avec les somnifères, ce même vertige. Elle aurait dû jeter les lames depuis longtemps. Mais lorsqu'elle les avait trouvées en débarrassant l'appartement de son père après sa mort, dans la petite armoire bleue de la salle de bains, elle les avait au contraire enveloppées soigneusement dans un mouchoir. Souvenirs, reliques, parmi des dizaines d'autres empaquetés avec autant de soin ce jour-là. Beaucoup avaient fini à la poubelle au fil des mois et des déménagements, mais pas les précieuses lames de rasoir. Non. Comme un fumeur repenti qui garderait un paquet de cigarettes de sa marque préférée tout au fond d'une commode, *pour se rassurer,* Jeanne les avait pieusement conservées. Les savoir là, tout près, dans le tiroir de sa table de nuit, à portée de main, *à portée de poignet* la rassurait terriblement. Tournis libérateur. Ivresse ancienne, dont jamais la jeune femme n'avait oublié la jouissance. Lorsqu'adolescente elle entamait la fine peau du haut de ses cuisses, et que, sous l'acier acéré, le sang giclait en pointillés d'abord puis en jets, expulsant tout ce qu'elle ne savait pas dire. Toute la douleur. Toute la colère. Toute la peur. La malsaine trilogie – douleur, colère, peur – se déchargeait alors enfin d'elle pour quelques instants, quelques instants de *paix*, en même temps que Jeanne expiait sa faute imaginaire. Des dizaines et des dizaines de fois entre ses treize et dix-sept ans, elle avait répété son pauvre rituel. S'enfermer dans la salle de bains. Remonter sa jupe ou baisser son jean. Choisir un espace de peau encore intact. Et. Se blesser. Se mutiler. Et puis. Recommencer. Nourrir un vampire insatiable. Jeanne s'était ensuite offert, bien longtemps après, pour ses trente ans, des séances de laser afin d'atténuer les cicatrices de ses coupures et, depuis, elle seule devinait encore les très légères lignes blanchâtres et symétriques qui apparaissaient lorsqu'elle s'exposait au soleil. Elle se tourna vers sa table de chevet et étendit le bras vers le tiroir. Les veines bleutées dans ce rayon de soleil automnal. La peau presque transparente. Oui, cela faisait si longtemps. Mais elle se souvenait parfaitement. Quand sa mère l'avait surprise. Le lendemain de son dix-septième anniversaire. Cette unique fois-là, Jeanne avait délaissé son entrejambe au profit de son poignet gauche. Elle avait appuyé beaucoup plus fort sur la lame. Et. Le sang sur le carrelage blanc devant la baignoire. Et les mots. Les mots, enfin. Qui s'étaient écoulés de sa bouche. Tout ce qu'elle avait retenu depuis tant d'années. Tout ce que Romain lui avait. Des mots plus liquides encore que le sang. Le flot qui ne s'arrêtait pas. Tout ce que Romain lui avait. Et le visage dévasté de sa mère qui tentait d'arrêter de toutes ses forces la double hémorragie, de sang et de mots. Oui. Elle avait mis des compresses, la mère, noué fermement des linges sur la plaie et bâillonné plus solidement encore sa fille. Avec ses mots à elle, la mère, ses mots qui avaient jailli par-dessus ceux de l'adolescente, digues brutales, barrages monstrueux, brise-lames, brise-larmes, couteau dans le dos en regard duquel même la plus tranchante des lames de rasoir était une arme dérisoire, et sa morsure une caresse, à peine un effleurement. Jeanne fit coulisser le tiroir de sa table de chevet, elle se mit à fouiller parmi les lettres, les photos, les souvenirs, les tickets de cinéma et de théâtre gardés depuis tant d'années. Son regard croisa sans le voir le test de grossesse et elle trouva enfin le petit mouchoir à carreaux de son père. Elle desserra l'élastique autour et l'ouvrit, l'éclat intact du métal la saisit. Elle choisit la première lame qui s'offrait à elle et en frôla le tranchant du bout de l'index. Cette fois, sa mère ne risquait pas de surgir avec ses linges, ses pansements, ses. « *Arrête de dire n'importe quoi. À six ans. À six ans. Qu'est-ce que tu racontes ? À six ans, qu'est-ce qu'il aurait bien pu te faire ? J'en ai par-dessus la tête de tes mensonges. De tes histoires. À six ans. Tu parles. Aide-moi. Regarde-moi ce merdier. Il y a du sang partout. Aide-moi, tiens la serviette, je vais te mettre des mèches hémostatiques.* » Non. Cette fois, sa mère ne risquait pas de surgir.

9

Lyon – mardi 3 mai 1988

L'enfant serrait la petite clé dans sa main gauche. De l'autre, elle s'entraînait à tracer au stylo-plume des M et des R majuscules avec des pleins et des déliés sur son cahier d'écriture. *M R M R M R M.* En même temps qu'elle écrivait, Jeanne se repassait mentalement, encore et encore, toutes les étapes du plan qu'elle avait mis au point pour ce soir. *R M R M.* La petite fille ne parvenait pas à se concentrer, tout se mélangeait dans sa tête. Elle leva le nez un instant et son regard croisa la jolie carte postale avec différentes vues de la Volane, qu'elle avait scotchée au-dessus de son bureau. Elle sourit malgré elle, des images de son père en train de pêcher à la mouche, debout au milieu de cette rivière ardéchoise au bord de laquelle ils étaient partis camper tous les deux la semaine précédente pour les vacances de Pâques, défilaient devant ses yeux. Les rares truites que son papa avait attrapées et qu'il déposait précieusement dans un panier en fer, elle les avait toutes remises à l'eau, dès que l'homme avait le dos tourné. Non pas pour sauver la vie des poissons mais pour voir, à chaque fois, la tête plus déconfite de son père et ses yeux toujours plus ronds derrière ses verres épais comme des culs de bouteille, quand il découvrait encore et encore la bourriche vidée de son maigre butin. Jeanne était alors prise d'un fou rire qui la pliait en deux durant de longues minutes. Ces quelques jours lui avaient fait tant de bien. Oui. Elle replongea vers ses majuscules. *M R M R M R M.* À la fin de la ligne, elle souffla doucement sur l'encre bleue et regarda sa série de lettres d'abord avec satisfaction puis soudain, avec épouvante. *M R.* M comme Maman. R comme Romain. Un frisson traversa tout le corps de la petite fille. Elle ne parvenait pas à détacher ses yeux de la feuille quadrillée ni des mots qui se formaient devant elle. Maman. Romain. Maman. Romain. Maman. Romain. Maman. Maman. Maman. Maman. Jeanne cligna des paupières à plusieurs reprises, mordit sa lèvre et se retint de rayer violemment tous les R qu'elle venait de copier avec tant de soin. Si elle pouvait effacer Romain d'un coup, comme la vie serait belle. Si elle pouvait le faire disparaître, maman serait tout à elle. Et elle, elle n'aurait plus peur. Plus mal. Comme pendant ces vacances au bord de l'eau avec son papa. Elle n'aurait plus à vivre dans la hantise et le guet perpétuel du bruit des pas de Romain qui s'approchaient de sa chambre. Elle pourrait s'endormir et dormir sans crainte. Sans avoir la certitude qu'en pleine nuit l'homme viendrait se coller contre elle et plaquer sur sa bouche sa main dégoûtante pendant qu'il. La nuit dernière, elle s'était réveillée alors qu'il s'agitait déjà sur elle. « *Ta maman dort bien, elle a pris son somnifère. Ne t'inquiète pas, Jeanne. Elle ne nous entendra pas, tu es contente de me retrouver après tout ce temps, hein ?* » Et le cauchemar sans fin avait repris. Jeanne planta soudain avec force l'extrémité de son stylo-plume sur le premier R qu'elle avait tracé, la page de son cahier se troua et un nuage d'encre bleue se répandit. Tout son travail était gâché, mais elle se sentit mieux. Oui. Si elle pouvait faire disparaître Romain, elle redeviendrait *normale*. Tout recommencerait comme *avant*. La petite fille lâcha son stylo et referma plus fort ses doigts sur la clé de la cabane jusqu'à ce que les contours métalliques pénètrent doucement la chair de sa paume. En attendant, c'était elle, Jeanne, qui allait disparaître. S'effacer. S'évaporer. Jouer un tour de magie noire. Il fallait juste qu'elle soit très prudente et qu'elle attende le bon moment. Oui. En principe, le mardi, Romain lui laissait faire ses devoirs lorsqu'elle rentrait de l'école pendant une petite demi-heure. Le temps pour elle de les terminer. Comme maman le demandait toujours avant de partir vers la gare, au volant de sa Supercinq. « *Compte sur moi, je lui ferai faire tout son travail ce soir. Pour qu'elle soit bien tranquille demain* », promettait Romain dans un sourire, en embrassant maman. En réalité, pour que l'enfant n'ait rien d'autre à faire de son mercredi que d'être à l'entière disposition de l'homme. Leur vie s'était en quelque sorte ritualisée. Maman quittait la maison le mardi soir pour aller travailler à Paris. Jeanne refusait le goûter que Romain lui proposait – plutôt crever de faim et de soif – elle se dépêchait de monter dans sa chambre pour sortir ses cahiers et ses livres de son cartable et l'homme *patientait*, assis dans l'ancien fauteuil de papa au salon, le plus souvent devant la télévision allumée. L'enfant s'affairait sur son petit bureau en pin à l'étage et, juste en dessous d'elle, *l'homme patientait*. Oui. Alors, la petite fille s'absorbait plus encore qu'à l'ordinaire dans des séries de lettres ou de petits textes à recopier, dans des lectures, des calculs, elle s'inventait même des exercices comme pour reculer le moment où, immanquablement, elle entendrait les santiags de Romain frapper le sol. D'abord faiblement, dans l'escalier recouvert de moquette ocre, puis semblables à des coups de marteau contre le parquet en bois du couloir, pour reculer le moment où le ventre de Jeanne se tordrait, où l'homme ouvrirait la porte de sa chambre aux rideaux roses, s'avancerait vers elle, ferait semblant de s'intéresser à ce qu'elle faisait, le moment où il lirait par-dessus son épaule les devoirs inscrits sur son cahier de textes et conclurait qu'elle avait terminé son travail. Alors, il jetterait sur elle son regard de reptile, poserait une main glaçante sur la nuque de la petite fille en lâchant « *Tu viens, Jeanne* », avant de l'entraîner vers le grand lit de sa maman. Oui. Elle avait bien essayé, une fois, de bloquer la porte de sa chambre de l'intérieur, comme elle avait vu faire dans un épisode de *Starsky et Hutch*, avec une chaise basculée et coincée sous la poignée, mais elle ne risquait pas de recommencer. Ça, non. Romain était quand même parvenu, en un rien de temps, à entrer. D'un simple coup d'épaule. Mais la tentative de se claquemurer de l'enfant s'était soldée par un tel déchaînement de violence que, cette fois-là, Jeanne avait cru mourir. Oui. L'homme avait éjecté la chaise tout près de la petite fille. Elle s'était réfugiée et figée à l'autre extrémité de la chambre exiguë, Romain l'avait fixée avec des yeux exorbités, la mâchoire tremblante de colère, immobile lui aussi durant quelques instants, puis il s'était rué sur elle et l'avait empoignée par les cheveux, il l'avait jetée au sol sur son ventre, lui avait arraché ses vêtements et. Lorsqu'elle s'était retrouvée entièrement nue face contre le parquet de la chambre. Il avait passé ses doigts, sur lesquels il avait craché, entre ses fesses puis son. Et. Jeanne avait attrapé un pied de son lit devant elle et s'y était cramponnée de toutes ses forces. Elle avait fixé encore et encore un mouton de poussière qui pendait sous le sommier pour tenter de s'échapper mentalement mais. Rien n'y avait fait. La douleur était si forte qu'elle avait vraiment pensé qu'elle n'y survivrait pas. Non. Elle avait tant hurlé que l'homme avait, semble-t-il, hâté sa besogne.

Lorsqu'il s'était relevé, il avait murmuré, en rajustant son pantalon et sa ceinture, « *Je te l'avais bien dit, Jeanne, que je savais faire passer l'envie de faire des bêtises aux petites filles de ton espèce.* » Il l'avait laissée là, gisante, ventre à terre, la tête à quelques centimètres de la chaise qu'il avait renversée. Le lendemain, Jeanne était si prostrée qu'il l'avait laissée tranquille. Ils ne s'étaient pas adressé la parole de la journée. L'homme avait seulement contraint l'enfant à prendre un bain, enfiler un pyjama propre et avaler un plat de coquillettes au jambon avant le retour de sa mère, le mercredi soir. Quand la jeune femme était enfin rentrée à la maison, c'était d'abord dans les bras de Romain, tout affairé dans la cuisine, qu'elle s'était jetée : « *Ça sent bon !* » avait-elle lancé. Elle avait l'air d'être particulièrement de bonne humeur. *« C'est bientôt prêt »* avait répondu tout aussi joyeusement l'homme. « *Je t'ai fait MA bolognaise. Jeanne a déjà mangé.* » Ils s'étaient embrassés, avaient ri. « *Je te sers un verre de rouge ?* » Maman avait acquiescé puis elle s'était rendue au salon. Jeanne était assise sur le canapé, dans son pyjama orné de la Schtroumpfette, le visage fermé, les genoux remontés sous son menton et les pieds nus posés sur Monsieur Lapin. La petite fille regardait un épisode de *Supercopter* sur la Cinq, cette chaîne que Romain laissait presque en permanence allumée et dont il montait horriblement le son dès que Jean-Claude Bourret présentait les sacro-saintes actualités. *Cinq you la Cinq.* C'était écrit sur des panneaux immenses en ville. Maman avait glissé ses doigts dans les sombres boucles de l'enfant qui, d'habitude, lui sautait dans les bras dès qu'elle franchissait le seuil de la maison. « *Tu n'es pas contente de me voir, ma chérie ?* » Jeanne, mutique, avait tourné vers sa mère des yeux rougis et horriblement gonflés. La jeune femme avait froncé les sourcils et lâché dans un soupir « *Ça ne va pas ?* » Romain était arrivé dans leurs dos, un verre de bordeaux dans chaque main, et s'était immobilisé. La petite fille avait lu beaucoup d'agacement, de soudaine fatigue et de déception dans les deux brèves questions de sa maman. Et puis, elle était trop terrorisée par la présence de Romain pour lui répondre. Pour dire enfin. La vérité. Un instant pourtant, les yeux plongés dans ceux de sa mère, comme si le temps s'était suspendu, *comme si elles étaient seules au monde*, Jeanne avait hésité, mais la vérité lui faisait tellement peur, elle aussi, et tellement mal, que, oui, elle avait pris l'habitude systématique de raconter des histoires, des mensonges, petits ou énormes, ou de se taire pour ne jamais y faire face. Jamais. D'ailleurs, à force de se détourner de la vérité pour s'en protéger en vain, Jeanne commençait à ne plus bien savoir ce qui était *vrai*. Et puis elle n'avait pas voulu transformer plus encore l'apparente bonne humeur de sa maman en un torrent colérique et dévastateur. Elle n'avait pas voulu *encore* lui *pourrir la vie* comme sa mère lui avait dit devant l'école le jour où Jeanne avait crié si fort pour lui demander pardon. La petite fille avait alors tendu les bras vers elle, dans un faible sourire.

« *C'est parce que quand tu pars, tu me manques trop, maman. À force, ça me fait vraiment de la peine.* » L'instant du *possible* était passé, chassé au loin par un vent mauvais. La mère de Jeanne s'était assise tout près d'elle, sur le canapé en tissu beige. L'équipage de *Supercopter* était en train de traverser à grands bruits un épais nuage radioactif au-dessus de Stavograd, en URSS. La jeune femme avait éteint la télévision et pris la main de sa fille. « *J'ai une bonne nouvelle, Jeanne. Plus que deux mois et ce sera fini, même pas. À partir de fin juin, je change de poste. Je serai responsable de toutes les succursales du Rhône et je n'aurai plus besoin de faire ces allers-retours à Paris.* » Les yeux de Jeanne s'étaient écarquillés et un immense sourire avait illuminé le visage de l'enfant. Romain avait sifflé d'admiration. « *Tu as eu une promotion ? Bravo !* » La joie feinte dans la voix de l'homme, que Jeanne avait immédiatement perçue, avait encore décuplé la sienne. Elle s'était serrée contre sa mère. « *Je suis trop contente ! Trop contente, trop contente !* » La jeune femme blonde avait ri et Jeanne avait ri avec sa maman. « *Ça se fête !* » avait lancé Romain en tentant de se débarrasser enfin d'un des deux ballons de vin rouge qu'il tenait toujours entre ses doigts. C'était pendant que maman et Romain avaient trinqué que l'idée de demander la clé de la cabane du jardin à son papa était soudainement venue à Jeanne. À chaque fois qu'elle rangeait son vélo dans le petit abri, elle en fermait la porte avec soin et, récemment, elle avait noté qu'il y avait une serrure sous la poignée. Ce détail n'avait d'abord eu aucune importance aux yeux de l'enfant, mais à l'instant où Romain et maman avaient entrechoqué leurs verres de vin, au moment où leurs lèvres s'étaient jointes en un long baiser, ce trou de serrure lui était soudain apparu comme la seule salvation possible et s'était mis à l'obséder. C'était une issue que la petite fille n'espérait plus. Échapper à Romain la nuit du mardi. En attendant que sa maman ne s'absente plus à Paris, elle s'enfermerait à double tour dans la cabane. Voilà. Deux mois. Huit *mardis soir* où elle pourrait y disparaître. Oui. Jeanne savait qu'elle risquait très gros si Romain réussissait à pénétrer dans sa cachette, mais au moins, elle ne serait pas restée une fois de plus à trembler dans sa chambre. À attendre que Romain se serve d'elle encore et encore, et la laisse à chaque fois plus broyée. Non. L'enfant regarda la montre rouge et blanche en plastique que papa lui avait offerte à Noël. Minnie balançait sans arrêt sa tête à droite et à gauche. Tic, tac, tic, tac, tic, tac. La petite aiguille était presque devant le chiffre 5 et la grande bientôt sur le 12. Parfait. Jeanne se leva sans bruit et sortit de son armoire le sac à dos qu'elle avait pris pour aller camper et qu'elle avait préparé avec soin depuis deux jours. Elle en vérifia encore une fois le contenu. Son sweat Panthère rose à capuche, ses grosses chaussettes de ski, la lampe torche qu'elle avait remontée de la cave, un paquet entier de petits-beurre, et sa gourde remplie d'eau. Jeanne chercha autour d'elle, affolée. Où pouvait-il bien être ? Elle aperçut un bout d'oreille qui dépassait du lit et attrapa vivement son Monsieur Lapin qu'elle fourra sans ménagement dans le sac. Elle y glissa encore son cahier de lecture, *L'Oiseau-lyre,* aux si belles illustrations. Elle espérait de toutes ses forces pouvoir terminer l'histoire du *Gros Tigre* dans la cabane. Oui. Si elle y parvenait, cela voudrait dire que Romain n'aurait pas réussi à en fracasser la porte. Non. Ses doigts se crispèrent sur la fermeture du sac. Elle jeta à nouveau un œil à sa montre. Cinq heures. L'enfant, en apnée, tendit l'oreille vers le salon en dessous d'elle. Et ce qu'elle attendait se produisit. Son cœur se mit à taper plus fort. Les quelques notes du générique du *Flash Info* de FR3 venaient de retentir dans toute la maison. Romain avait changé de chaîne pour l'écouter religieusement et monté incroyablement le son de la télévision, comme à chaque fois qu'il s'agissait d'informations. D'habitude, pour Jeanne, cette irruption sonore lui faisait l'effet d'une détonation terrifiante. Elle savait qu'à l'issue de la courte émission, un silence aussi glacial qu'éphémère envahirait brusquement tout l'espace, précédant de peu le bruit des pas de Romain dans l'escalier. L'enfant glissa ses bras sous les lanières du sac à dos et ouvrit doucement la porte de sa chambre. Au fur et à mesure qu'elle avançait sans bruit dans l'étroit couloir, la voix criarde de la présentatrice lui parvenait plus nettement « *Campagne présidentielle, c'est la toute dernière ligne droite. Les deux candidats jouent les rassembleurs, mais déjà, c'est une donnée nouvelle, le troisième tour économique se profile à l'horizon, pour Jacques Chirac le vrai débat doit se situer sur...* » La petite fille ne comprenait pas grand-chose aux mots qu'elle entendait mais elle savait que tant que la télévision était allumée et le volume sonore aussi fort, la voie était en quelque sorte libre. En arrivant en bas de l'escalier, elle sentit son cœur battre à toute vitesse. C'était l'endroit et le moment les plus critiques. Pour enfin atteindre la porte d'entrée, elle devait maintenant passer devant le salon. Jeanne se figea, elle avait la nuque et le crâne de Romain en ligne de mire. L'homme semblait totalement absorbé par l'écran. L'enfant y jeta sans savoir pourquoi un vague regard, elle lut le nom de la dame qui parlait si fort. *Dominique Poncet.* Une dizaine de pas la séparait de la lourde porte blanche et du jardin. De là elle se faufilerait en se baissant vers la cabane. Elle était en chaussettes et savait qu'elle ne ferait aucun bruit. Elle avait fait plusieurs fois discrètement le chemin dimanche dans l'herbe haute. Jeanne bloqua sa respiration, risqua un pied prudent devant elle. « *Concours de circonstances, Pierre Bérégovoy, le directeur de campagne de François Mitterrand avait dessiné le programme de...* » Un pas de plus, et elle serait tout à fait à découvert si Romain se retournait. Elle hésita, la porte d'entrée lui sembla si loin soudainement. Mais elle n'allait pas reculer. Non. Elle ne pouvait pas reculer. *Haut les cœurs* ! Comme disait papa au moment de pénétrer dans la rivière glacée avec ses immenses bottes kaki. *Haut les cœurs*. Oui. L'enfant se décida enfin à avancer, un pas, puis deux. Elle était devant la porte grande ouverte du salon. Romain tourna légèrement la tête dans sa direction. L'instant suivant, Jeanne fut foudroyée sur place, son cœur explosa. La sonnerie du téléphone lui déchirait les oreilles. Le téléphone. Il ne faisait pas partie du plan. Non. Romain jura, éteignit la télévision et appuya ses deux mains sur les accoudoirs du vieux fauteuil pour se lever.

10

Paris – jeudi 8 novembre 2018

« Tu es encore au lit ? » Perdue dans son exil mental, Jeanne n'avait pas entendu la porte de la chambre qu'elle avait pris soin de bien refermer derrière elle, s'ouvrir soudainement. Gabriel se tenait là, debout, au pied de leur *king-size bed.* La jeune femme referma vivement son poing sur le petit paquet de lames de rasoir qu'elle tenait toujours et se redressa. L'homme était en sueur et portait un bas de jogging gris et un sweat-shirt à logo qu'elle ne lui avait jamais vus. De larges auréoles se dessinaient au niveau de ses aisselles. Il frottait vigoureusement une serviette-éponge contre sa nuque et ne semblait pas le moins du monde avoir remarqué ce qu'elle serrait entre ses doigts. Il passa la serviette sur son visage et Jeanne en profita pour se débarrasser des lames de rasoir dans le tiroir grand ouvert de sa table de nuit, qu'elle referma rapidement.

« Je suis allé courir au Luxembourg, ça m'a fait un bien fou. J'ai eu un point de côté dans la montée de la rue Médicis, mais j'ai réussi à faire le tour complet en trente minutes, pas mal pour une première, hein ? » Gabriel afficha un sourire satisfait et Jeanne acquiesça bêtement, en arrangeant ses cheveux comme elle pouvait. Courir ? Gabriel ? Jamais son mari n'avait fait la moindre tentative d'une quelconque activité sportive depuis qu'elle le connaissait, à la notable exception de deux ou trois brasses quotidiennes, pendant les vacances, dans la somptueuse piscine qu'il avait fait construire en contrebas du jardin de leur maison de Gordes. À condition que l'eau ne soit pas trop froide. L'homme s'assit sur l'un des deux fauteuils Louis XV qu'ils avaient chinés à L'Isle-sur-la-Sorgue, avant de les faire livrer à grands frais dans leur appartement parisien, et entreprit de défaire les lacets de ses Nike Pegasus flambant neuves. *« Mon portable n'a pas sonné ? J'attendais un appel. Il était complètement à plat. Je l'ai mis en charge ce matin, tu dormais comme une masse. Tu as encore pris tes somnifères ? J'ai préféré passer la nuit sur la banquette de mon bureau, il fallait que je termine de lire deux manuscrits. Je n'en peux plus de l'autofiction. J'en peux plus... Ça me fout la gerbe maintenant. Non, mais c'est vrai, putain. Des bobos vides comme des coquilles, mais qui se prennent tous au minimum pour Proust. Je t'assure. Dans celui que j'ai fini ce matin, le narrateur se barre à Trouville pour mieux déprimer – parce que sa femme qui est prof de philo l'a quitté*

pour une étudiante homosexuelle – et, tu ne vas pas me croire, il se retrouve à un moment sur la plage, devant les Roches noires, et là, il tombe à genoux en se mettant à pleurer parce qu'il vient de comprendre qu'il était appelé par la littérature et qu'il devait aller écrire son roman aussi sec. C'est pas possible. C'est trop con. » Jeanne acquiesça à nouveau en opinant, puis elle objecta : « *Les Roches noires, c'était aussi l'hôtel de Duras, pas que de Proust, c'est peut-être un hommage lointain à son histoire avec Yann Andréa.* » Gabriel haussa les épaules et passa de la bergère Louis XV au lit, où il se laissa retomber lourdement, tout à côté de la jeune femme. « *Très lointain, alors.* » Il la fixa et se tut. Jeanne ne parvint pas à lire ce qui se cachait derrière le regard soudainement si insistant de son mari, mais elle essaya de lui opposer l'expression la plus neutre possible et de le soutenir sans ciller. Elle n'y décela pas la moindre trace de culpabilité. Jeanne était fascinée. L'homme l'avait frappée hier. Parce qu'elle était *peut-être* enceinte de lui. Il l'avait insultée, menacée. Il avait probablement découché. Et elle savait pertinemment qu'il ne s'excuserait pas. De rien. Qu'il n'en parlerait même pas. Qu'il ne se justifierait de rien non plus ni qu'il s'inquiéterait de son état. Non. Au lieu de cela, il lui servait une salade parfaitement indigeste faite de manuscrits qu'il ne publierait jamais et d'un improbable footing. L'odeur de transpiration qui parvint à la jeune femme corrobora toutefois les dires de l'homme quant à ses exploits sportifs. Jeanne mordit sa lèvre inférieure. L'imaginer, lui, l'intellectuel bedonnant, mais toujours impeccablement mis, en train de zigzaguer dans son survêtement informe entre d'autres coureurs matinaux et des mamans à poussette, en soufflant comme un bœuf et en se tenant les côtes dans les allées du jardin du Luxembourg, tenait tout simplement du film comique. Gabriel lui prit tout d'un coup la main et la serra silencieusement. L'envie de rire déserta Jeanne aussitôt. Ce contact la mettait mal à l'aise et elle chercha à s'en défaire comme elle put. « *Oui, pour te répondre, ton portable a sonné. Très tôt. Plusieurs fois, même.* » Elle sentit qu'il se retenait de lui dire quelque chose, il la dévisageait toujours étrangement, sembla hésiter encore à parler, mais il se leva finalement, dans un soupir, pour attraper son téléphone. « *Tu as encore pleuré ce matin, Jeanne. Je le vois bien. Ne dis pas le contraire. Tu es trop nerveuse. Trop nerveuse. Je pense très sincèrement que tu devrais retourner voir ton psy.* » Jeanne baissa les yeux, massa machinalement la main que l'homme avait tenue. Il s'était littéralement déchaîné sur elle la veille au soir, mais c'était *elle* qui était trop nerveuse. La jeune femme ne répondit rien, elle connaissait trop les mécanismes si bien huilés qu'utilisait Gabriel pour la faire culpabiliser en toutes circonstances. Un peu plus et il allait sûrement lui dire qu'elle l'avait bien cherché hier – ce dont elle était de toute façon déjà persuadée – et si elle lui disait ou objectait quoi que ce soit, il l'enfoncerait encore plus. Oui. Jeanne s'abstint donc de tout commentaire et Gabriel s'éloigna légèrement, smartphone en main. Elle le regarda à la dérobée, tenta de discerner les mouvements rapides de son index sur l'écran noir et brillant, pour deviner son nouveau code, mais n'y parvint pas. « *C'est Louise. Tu sais, ton amie. C'est elle qui m'a appelé, justement j'attendais qu'elle...* » Il s'interrompit pour écouter sa messagerie en se tournant vers la fenêtre. Jeanne se leva. Elle fixa un instant la nuque de l'homme, dont la tête penchait légèrement vers le téléphone. *Ton amie.* La jeune femme perçut à distance les intonations si familières de la voix de Louise et des picotements traversèrent aussitôt tout son corps. La jalousie avait toujours provoqué chez elle ces espèces de décharges électriques. Jeanne se demanda un instant s'il en était de même pour tout un chacun. Gabriel se retourna. Et ce que la jeune femme vit brusquement dans l'œil de son mari lui fit enfin comprendre ce qu'il manigançait. C'était donc ça. « *Elle est vraiment sympa cette fille, en plus d'être très douée. Je l'ai croisée par hasard en entrant au jardin du Luxembourg. Elle aussi, elle court. Comme tu la connais bien, je lui ai parlé de ton problème. Tu sais. Ce que. Enfin, hier soir, quoi. Elle m'a dit qu'elle savait à qui s'adresser. Elle a avorté il y a quelques années. Elle va nous donner les coordonnées du centre où tu pourras aller et le nom d'un médecin.* » Les picotements se transformèrent en une brûlure au niveau de la poitrine et des mains de la jeune femme. *Le centre où tu pourras aller. Je l'ai croisée par hasard.* Comment Gabriel pouvait-il à ce point-là la prendre pour une imbécile et une marionnette. *« Tu savais qu'elle avait avorté ? »* Jeanne fixa Gabriel. Et elle, jusqu'où, jusqu'à quand, accepterait-elle de se faire traiter de la sorte ? *« Non »* lâcha-t-elle en haussant les sourcils. Jeanne connaissait par cœur l'histoire de Louise, tombée enceinte sous cocaïne et tequila, au hasard d'une fête à Ibiza, après avoir couché avec deux *bikers* rencontrés la nuit même. Et elle n'avait certainement aucune envie d'en parler ni d'alimenter les fantasmes de Gabriel. Elle se souvenait aussi que celle qui fut son amie s'adonnait à un jogging quotidien. Jeanne se dit que les puissants somnifères qu'elle prenait devaient tout de même altérer très sérieusement ses facultés mentales pour qu'elle n'y ait pas pensé immédiatement. C'était Louise qui avait converti Gabriel à la course. En un rien de temps. Évidemment. Et elle encore qui avait dû lui offrir la parfaite panoplie du coureur germanopratin qu'il portait ce matin, chaussures de running hors de prix compris. Jeanne sentit la même puissante nausée que la veille au soir monter en elle et tout envahir. Tout recouvrir. Après avoir passé une bonne partie de la nuit avec Louise, Gabriel avait dû rentrer à la maison pour travailler un peu. Il était insomniaque et passait souvent de longues heures à l'aube, dans son bureau, à rattraper ses retards de lecture. Il était sans doute reparti ensuite rejoindre Louise pour courir, en oubliant son téléphone. Ce qui n'avait pas dû faciliter leurs retrouvailles. Non. Voilà pourquoi elle l'avait appelé ce matin avec tant d'insistance. Dans les allées du jardin du Luxembourg, Louise cherchait Gabriel et Gabriel cherchait Louise, sans que jamais ils ne se trouvent. Le film comique se transformait en nanar bobo insupportable. Jeanne attendit la suite avec un mélange de crainte et d'empressement. *« Je lui ai dit de venir dîner à la maison ce soir. »* L'homme se tut un instant puis lâcha comme un couperet. « *Elle est OK.* » La confirmation n'avait pas tardé. La jeune femme sentit ses mains se glacer. Plusieurs fois déjà, Gabriel avait ramené quelques-unes de ses maîtresses, ou de ses conquêtes d'un soir, chez eux et avait en quelque sorte contraint Jeanne, même si cela avait toujours été en douceur, à une partie de jambes en l'air à trois. Ce qu'elle exécrait, n'ayant aucune inclinaison pour l'exercice. Mais à chaque fois, elle s'y était prêtée, pensant *faire plaisir* à Gabriel, faire *ce qu'il fallait* pour moins le perdre. Oui. Mais avec Louise, l'épreuve lui semblait totalement insurmontable. Elle inspira profondément pour lutter contre l'envie de vomir. « *Je lui ai dit vingt heures, ça te va* ? » Le cœur de Jeanne accéléra et elle ne trouva rien à répondre. *« Ça n'a pas l'air de te faire plaisir. Je croyais que c'était ton amie. Moi, je fais ça pour toi. Tu veux que j'annule ? Tu dis toujours que tu te sens seule. Que tu es contente de voir du monde. Tu es quand même difficile à suivre. »* L'homme se dirigea vivement en direction de la salle de bains. Jeanne leva les yeux vers le dos de son mari. *« Non, non, n'annule pas. »* Il se retourna vers elle, un léger rictus apparut sur son visage. « *Tu devrais être contente de pouvoir en parler avec elle, non ?* » Jeanne hocha la tête et lui sourit en retour. « *Oui, Gabriel.* » L'homme disparut dans le couloir. Les mots qu'elle venait de prononcer se mirent à résonner dans la tête de Jeanne. *Oui, Gabriel.* Elle avait pris, comme souvent et sans jamais le vouloir, sa voix suraiguë de petite fille. *Oui, Gabriel.* Ou bien était-ce la petite fille en elle qui venait, encore une fois, de reprendre entièrement les rênes de son existence. *Oui, Gabriel.* Jeanne enfouit son visage entre ses mains. Après tout, elle était encore, en grande partie, une enfant. C'était bien ce que lui avait dit le psy, derrière son bureau en acajou, avant qu'elle n'en claque définitivement la porte. *Oui, Gabriel.* La petite fille que personne n'a secourue. Vous lui laissez trop de place. Elle est trop présente en vous. Oui. Trop agissante. Il faut aller la chercher. Au fond de vous. Il faut avoir le courage d'aller lui prendre la main. La consoler. Et surtout lui dire que ce n'était pas de sa faute. Aller chercher la petite fille. Oui. Voilà ce qu'il avait dit. Le psy. Sinon elle continuera à vous empêcher de devenir pleinement adulte. Prenez-la dans vos bras pour qu'elle arrête de parler sans arrêt à votre place, de crier. De vous entraver. Jeanne serra plus encore sa tête, qui explosait, entre ses mains. Si seulement elle pouvait disparaître. Consolez-la, pour qu'elle vous laisse vivre votre vie. Jeanne n'avait aucune idée de ce que cela pouvait signifier. Être pleinement adulte. Vivre sa vie. Ou plutôt si, elle devinait douloureusement parfois, par petites touches, les contours de ce qu'aurait pu être son existence. Lorsqu'un bonheur l'effleurait ou bien quand elle s'était sentie un peu plus forte qu'à l'ordinaire. Vivre sa vie. Elle savait surtout que c'était impossible. Elle le savait. Qu'il fallait aller prendre la petite fille par la main au fond de l'abri à vélo. L'arracher à ses vapeurs de cambouis. Et aller dire à maman ce que Romain. Mais elle savait aussi que maman ne la croirait pas. Non. Maman n'aurait pas de temps à consacrer à tous ces mensonges, à toutes ces horribles inventions. Alors Jeanne-l'éternelle-petite-fille restait dans la cabane de jardin, frigorifiée, figée chaque jour un peu plus dans sa honte, dans son mensonge, dans sa peur et sa solitude, engluée dedans. Scotchée. Papillon aux ailes minuscules et salement épinglées. *Oui, Gabriel.* Jeanne se leva, et, comme plus tôt ce matin, elle eut un vertige. Elle se dirigea vers la cuisine en s'appuyant contre le mur du couloir. Elle prépara un café qu'elle but mécaniquement. La nausée ne passait pas. La voix de Gabriel lui parvint de la salle de bains. « *Je te fais couler un bain, Jeanne ?* » La jeune femme mordit dans un *shortbread*, ces gâteaux écossais dont elle raffolait. Elle avait du mal à manger tant sa gorge était serrée. « *Oui, Gabriel.* » Jeanne mastiqua longuement le sablé, les yeux dans le vide, puis elle ouvrit son placard aux merveilles. La boîte à médicaments regorgeait de tant de substances et de molécules. Ses yeux les parcoururent toutes. Elle hésita puis opta pour un tube vert dont elle fit sauter le couvercle blanc. Ce qu'elle aimait particulièrement avec le Lexomil, c'était que le comprimé était sécable en quatre et qu'elle pouvait ainsi le grignoter tout au long de la journée, tel un écureuil avec une noisette. Elle avala le premier quart de l'anxiolytique avec ce qui restait de café au fond de sa tasse.

« *Pour le dîner de ce soir, ne te casse pas la tête.* » Jeanne sursauta. C'était décidément une nouvelle manie de Gabriel d'arriver dans son dos au milieu de cette saloperie de cuisine. *Compte sur moi,* pensa la jeune femme. Elle sourit à son mari. Un pan de son peignoir en satin glissa, dévoilant l'hématome jaune et violacé de son épaule. L'homme regarda ailleurs. Il *était* déjà ailleurs. Avec Louise. Avec ses contrats. Avec ses auteurs. Au moment de s'enfoncer dans l'eau chaude et la mousse abondante de son bain, Jeanne se sentit un peu partir, emportée par les premiers effets du tranquillisant qu'elle avait absorbé. Comment tiendrait-elle sans son arsenal pharmaceutique ? Elle prit une grande bolée d'air et disparut sous l'eau. De là, elle ne percevait plus le monde extérieur que d'une manière assourdie et lointaine. Comme lorsqu'elle se détachait d'elle-même, lorsque Romain la. *Je pense que tu devrais retourner voir ton psy*. Si seulement elle pouvait. Revoir son psy. Lui parler. Toujours en apnée dans l'eau savonneuse, Jeanne se refit encore une fois le film de leur dernière rencontre. Lorsque le psy lui avait dit qu'elle était tout de même, au regard de ce qu'elle avait accompli professionnellement, au regard du nombre d'ouvrages pour enfants qu'elle avait écrits et publiés avec succès, très résiliente. Très résiliente. Elle avait d'abord regardé cet homme aux yeux sombres. Incrédule. Puis elle avait, sans transition, mis à sac son bureau. Consciencieusement. Comme tout ce qu'elle faisait. Aucun livre n'était resté en place sur les étagères, aucun dossier non plus sur la table de travail, et la petite statuette de femme africaine aux seins énormes et au ventre rond fut parfaitement explosée contre un mur et réduite en poussière. Le psy n'avait rien fait pour l'arrêter. Il s'était contenté de continuer à poser sur elle son regard à la fois perçant et bienveillant. Puis Jeanne avait définitivement quitté les lieux dans le fracas sublime de la porte d'entrée. La jeune femme sortit le visage de l'eau et inspira profondément. Ses doigts glissèrent jusqu'à son bas-ventre. Elle commença à se caresser, mais songea brutalement au minuscule locataire qui logeait par là. Jeanne ramena aussitôt ses mains vers sa nuque et fixa son entrejambe au travers des petits nuages de bain moussant qui flottaient. La jeune femme ne pouvait plus détacher les yeux de cette partie de son corps qu'elle semblait redécouvrir. Ici. Là où la haine avait été plantée avec force il y a si longtemps. Là où la haine avait si bien germé, pour se développer de manière toujours plus tentaculaire, jusqu'à l'envahir entièrement. Ici. Dans cette terre désolée, pouvait-il vraiment y avoir une place pour autre chose que pour l'horreur et l'exécration ? *« Je serai là vers 19 heures* ». Gabriel lui parlait derrière la porte de la salle de bains. « *Jeanne ?* » La jeune femme se leva, ruisselante. « *Jeanne ?* » L'homme entra, il avait troqué son attirail de joggeur contre un costume Armani anthracite, une chemise au blanc éclatant et des boots noires pointues. « *Je serai là à 19 heures.* » Il regarda le corps humide de la jeune femme avec insistance. « *Oui, j'ai entendu* », souffla Jeanne. Il s'approcha d'elle.

« *Ta mère m'a téléphoné hier soir. Je.* » Jeanne frissonna. « *Il paraît qu'elle t'a encore laissé plus de dix messages et que tu ne la rappelles jamais. Je ne veux plus avoir à régler ça, OK ? Ras-le-bol de vos histoires. Je n'ai aucune envie de me mettre entre vous deux. C'est clair ?* » L'homme sortit sans attendre la moindre réponse et Jeanne s'enveloppa dans un peignoir éponge. Elle fixa le granit noir au sol, où perlaient quelques gouttes d'eau. Inutile d'investiguer plus avant le portable de Gabriel. Elle avait vu juste. La *raclure* l'avait bien appelé hier. La *raclure.* La *raclure* l'avait trahie. Encore. Si elle l'avait eu devant elle, tout de suite, là, maintenant, Jeanne lui aurait volontiers fracassé le crâne contre les dalles de pierre si dures et si sombres qu'elle contemplait. Oui. Mais tout viendrait en temps voulu. Tout. Oui. En attendant, elle devait affronter cette journée et surtout la soirée qui se profilait. « *Je n'ai aucune envie de me mettre entre vous deux* » l'avait tancée Gabriel, de son ton éternellement agressif et intimidant. Jeanne jeta un œil à l'immense miroir, elle laissa son peignoir glisser au sol. Hormis l'épouvantable hématome sur son bras, elle était beaucoup moins défaite qu'elle ne l'aurait cru. Une bonne dose de maquillage, et elle serait même tout à fait présentable.

« *Je n'ai aucune envie de mettre entre vous deux.* » La jeune femme sourit en coin. Et entre Louise et moi, tu en as envie, hein. De te mettre entre nous deux. Elle commença à dessiner un trait d'eye-liner noir sur ses paupières. Mais je ne suis pas certaine que tu seras mieux. Non.

11

Lyon – mardi 3 mai 1988

Le sol était beaucoup plus froid et dur qu'elle ne l'aurait cru. Elle avait d'atroces fourmis dans les jambes et tentait de s'en débarrasser en agitant ses orteils dans ses chaussettes. Il y avait seulement dix minutes que Jeanne était recroquevillée là et elle commençait à sérieusement se demander comment elle allait pouvoir passer la nuit entière au fond du petit abri à vélo. La petite fille sortit de son sac à dos son gros sweat à capuche et le cala sous ses fesses. Romain était toujours au téléphone. Très énervé. Les cris de l'homme lui parvenaient par la fenêtre grande ouverte du salon. Il avait eu l'air si préoccupé et si contrarié quand il avait décroché qu'il n'avait prêté aucune attention à elle quand elle s'était décidée à se faufiler ventre à terre jusqu'au jardin, après les quelques premières minutes de cette âpre conversation téléphonique. Sans doute Romain ne l'avait-il même pas vue. Jeanne se redressa un peu, tendit l'oreille et essaya de comprendre ce qui semblait tant mettre hors de lui cet homme qu'elle haïssait de tout son être. Il hurlait de plus en plus fort et des bribes entières de phrases parvenaient maintenant en rafales à la petite fille enfermée dans la cabane. *Aucune preuve. Complètement cinglée. Sali par une petite garce mythomane. Mon honneur. Je n'ai rien à voir avec cette histoire. RIEN À VOIR, BORDEL. Je ne vais pas me laisser faire et vous ne me virerez pas comme ça, putain.* Jeanne fut parcourue par un violent frisson. L'agressivité de Romain, l'autorité tranchante de sa voix et surtout son immense colère pénétraient par tous les pores de sa peau. Dans l'état où l'homme était, elle devinait qu'il se livrerait à une chasse enragée et sans merci dès qu'il aurait raccroché et qu'il s'apercevrait qu'elle n'était ni dans sa chambre ni nulle part ailleurs dans la maison. Il devinerait facilement où elle s'était terrée et si la porte du petit abri cédait, ce qui semblait de plus en plus probable à Jeanne, elle n'osait pas imaginer ce que l'homme allait lui infliger. L'enfant glissa une main dans son sac à dos et se saisit de Monsieur Lapin qu'elle serra tout contre elle. L'odeur et la texture si rassurante de la peluche élimée lui apportèrent un peu de réconfort, mais au fond d'elle Jeanne se préparait au pire. Les cris de Romain dans le téléphone cessèrent. Un assourdissant silence suivit. Les oreilles de la petite fille se mirent à bourdonner. Elle respirait à peine, guettant du fond de sa cache aveugle le moindre soubresaut au dehors. Ses yeux s'étaient habitués à l'obscurité et elle devinait ici et là les grosses toiles blanchâtres des araignées qui la terrifiaient à l'accoutumée, mais dont elle ne redoutait soudainement plus rien. Au contraire. Les araignées lui tiendraient compagnie cette nuit. Elle était des leurs maintenant. Oui. Elle aussi était de celles qui doivent se cacher, solitaires, dans de sombres recoins humides pour ne pas être écrasées. Pour avoir le droit de vivre en paix. Rien. Pas un bruit. Pas un souffle ne lui parvenait du dehors. Jeanne se tortilla sur son sweat pour tenter de trouver, en vain, une position moins inconfortable. N'en pouvant plus, elle étendit ses jambes et heurta la roue arrière de son vélo. L'engin lui sembla vaciller et Jeanne se redressa vivement pour l'agripper. Dans son mouvement, elle croisa un rai de lumière ténu au travers de deux planches de l'abri. Elle s'en approcha prudemment et colla un œil au travers de la minuscule ouverture. Il s'écarquilla aussitôt. La petite fille laissa Monsieur Lapin lui échapper. Jamais elle n'aurait cru assister à ça de toute sa vie. Derrière la fenêtre du salon, c'était un spectacle extraordinaire qui s'offrait à elle. Elle ne voyait la scène que partiellement, mais ne pouvait cependant pas douter de ce qui se passait. Romain regardait droit devant lui et. L'homme pleurait. Non pas qu'il fût secoué de sanglots, non. Mais elle voyait distinctement deux larmes couler de part et d'autre de ses joues. Dans le monde encore binaire de l'enfant, cela était impossible. Les méchants ne pleuraient pas, non. Ils ne savaient que faire souffrir les autres. Qui avait bien pu appeler Romain et pour lui dire quoi ? Elle tentait de coller ensemble les différentes phrases entendues, mais aucun puzzle sensé ne se formait dans l'esprit de la petite fille. Elle ne comprenait que l'immense colère de l'homme, comme d'habitude, elle ne comprenait que l'immense douleur et la peur indicible de ce qu'il lui faisait subir. Jeanne sentit quelque chose sous ses pieds, elle se baissa pour ramasser sa peluche et, lorsqu'elle se releva, elle vit entre les deux planches que Romain avait disparu de l'encadrement de la fenêtre du salon. Elle retourna vite s'asseoir sur son pull, à l'opposé de la porte de la cabane. Ses mains étaient si moites. Son cœur battait si vite. Elle était cette proie tremblotante au fond du terrier aperçue dans un documentaire animalier qu'elle avait vu avec son papa. Des larmes la submergèrent quand elle pensa à son père. Il était là dans l'abri, près d'elle, à chercher cette clé il y a si peu de temps encore. Et à la trouver. Il l'avait brandie, triomphant et l'avait tendue à Jeanne avant d'huiler la serrure.

« *Ouvre ! Qu'est-ce que tu crois, espèce de petite pute. Ouvre !* » Romain avait cogné sur la porte en même temps qu'il avait craché ces quelques mots au travers de ses dents. Jeanne se concentra sur le sourire de son père, puis sur la danse des trois petits anges de l'horloge de la cathédrale, il lui sembla entendre les notes féeriques qui en sortaient. Les coups de poing redoublèrent contre la porte qui tenait bon. Pour le moment. Puis la petite fille reconnut ensuite le bruit sec des talons des santiags de Romain qui en frappaient maintenant le bois. « *Ouvre, Jeanne, merde. Ouvre tout de suite.* » La musique des anges s'éleva plus fort encore dans l'abri. Jusqu'à tout recouvrir.

12

Paris – jeudi 8 novembre 2018

Une recherche rapide sur Internet lui confirma ce qu'elle savait déjà depuis longtemps. Romain n'était ni sur Facebook, ni sur Twitter, ni sur Instagram, ou TikTok ou WhatsApp, ni au diable vauvert. Introuvable. Jeanne faisait même régulièrement une incursion dans les annales nécrologiques de différentes régions mais n'y trouvait rien. Malheureusement. Elle aurait éprouvé tant de plaisir à aller *cracher sur la tombe* de ce déchet humain. La jeune femme avait aussi tenté, en vain, de se rendre sur quelques forums de discussion et de témoignages d'enfants victimes d'abus sexuels dans les années 1980 et 1990, pour voir si Romain était mentionné par une de ses potentielles victimes. Mais là encore, elle n'avait fait qu'abîmer ses yeux devant des récits plus sordides les uns que les autres sans que cela ne l'avance en rien. Rien. L'homme ne semblait s'être pris dans aucun des fils de la Toile. Quand on *googlait* son nom, seuls des liens vers des homonymes apparaissaient. Il n'avait pas non plus défrayé la chronique judiciaire depuis sa brève mise en cause dans l'affaire dite du *foyer de l'horreur* où un petit garçon de onze ans avait trouvé la mort dans des circonstances innommables en 1989. L'autopsie de l'enfant avait révélé qu'il avait été sodomisé avant d'être étouffé sous un oreiller, en pleine nuit, dans le réfectoire de cet établissement privé de l'aide à l'enfance géré par un éminent pédopsychiatre. Romain y travaillait alors, depuis peu. C'était quelque temps après son éviction de la DDASS, à la suite des soupçons d'attouchement sur une fillette – éviction discrète et qui ne l'avait en rien empêché de trouver un nouveau travail, toujours au contact de mineurs. Tous les éducateurs présents cette nuit-là dans ce foyer avaient été longuement interrogés, ainsi que les enfants et les adolescents placés, mais l'enquête n'avait abouti à rien. Le centre avait seulement été fermé à la suite du drame et son responsable interdit d'exercer. Pour un temps. Au cours de l'instruction, Romain avait toutefois été désigné par une petite fille de neuf ans comme l'assassin, elle l'avait également accusé de se livrer sur elle à des viols, mais comme la fillette avait été placée à la suite des abus commis par son propre père et qu'aucun avis médical ne corroborait les violences dont elle se disait victime, l'expert n'avait pas jugé bon de retenir son témoignage, et Romain avait simplement été, encore et toujours, muté dans un autre foyer d'accueil et d'aide à l'enfance dans l'Ain, où il avait travaillé quelques mois seulement. C'est là que Jeanne perdait sa trace en 1990, les événements ayant provoqué la séparation de l'homme et de sa mère. Avait-il simplement changé de nom ? De pays, de continent, de planète ? La jeune femme n'arrivait cependant pas à admettre qu'elle ne trouverait jamais ne serait-ce qu'un élément qui lui permettrait de remonter jusqu'à l'homme. Elle ne savait pas au juste ce qu'elle cherchait ni ce qu'elle ferait si elle retrouvait la trace de son bourreau, mais elle était de plus en plus obnubilée par cette seule nécessité d'au moins le localiser. Jeanne jeta un bref regard à sa montre, Gabriel n'allait plus tarder et les sushis qu'elle avait commandés pour ce soir non plus. Il fallait qu'elle se prépare, mais ne put résister à l'envie de taper à nouveau le nom de Romain dans la barre de recherche. Elle lui accola le terme *enfants nus*, et cliqua cette fois, à tout hasard, sur l'onglet *vidéos*. Le cœur de la jeune femme accéléra. Un lien vers YouTube apparaissait tout en haut de la page, c'était un clip posté par un certain Romain Bessières et qui commençait apparemment par des images d'enfants courant dans le plus simple appareil sur une plage exotique. Jeanne sentit sa main se crisper sur la souris, elle ouvrit le lien et resta en suspens durant quelques secondes. Des plans insistants s'attardaient ici et là sur les petits corps en mouvement, mais c'était encore une mauvaise pioche. Ce Romain Bessières-là était apparemment un pompier volontaire vivant à Nice et maître-nageur à ses heures, à la trentaine et la musculature triomphantes. Il partageait simplement quelques images de ses trois bambins s'égayant sur la plage de Mala à Cap d'Ail. Jeanne devrait encore repasser pour l'exotisme et le scoop. Elle referma *Google* et s'assura qu'elle avait bien enregistré son travail du jour. Elle était restée accrochée à son ordinateur presque toute la journée et cette fois, l'histoire de *Marie-Lou et Charlie au pays de la sorcière des neiges* avait coulé toute seule jusqu'à son terme. Après l'avoir envoyée par mail à Luca, Jeanne se saisit de son téléphone pour répondre enfin au SMS que son jeune éditeur lui avait envoyé la veille. *« Fifi Brindacier t'envoie sa copie avec deux jours d'avance… Ça vaut bien que tu l'invites à déj à la Closerie un de ces quatre :) Baci. »* Jeanne se dirigea vers la chambre et choisit ce qui serait sans doute le meilleur emplacement. Elle vérifia par deux fois l'endroit sur la commode où elle plaça discrètement son téléphone puis le mit en mode silencieux et s'assura du niveau de la batterie. La jeune femme se déshabilla ensuite entièrement et enfila un soutien-gorge pigeonnant et un string noir en dentelle La Perla, puis une courte robe en soie, noire également. Simple, mais efficace. Louise n'aurait qu'à bien se tenir. Jeanne eut à peine le temps de vérifier encore une fois l'angle de la caméra de son iPhone qu'elle entendit la clé de Gabriel jouer dans la porte blindée de l'appartement. Déjà.

La force décuplée des perdants*

13

Lyon – jeudi 8 novembre 2018

« *Your Words are Weapons of the Terrified.* » La femme pianota sur son smartphone, arrêta le morceau de rock alternatif qu'elle écoutait et posa l'appareil à côté d'elle sur le lit. Elle retira les petits écouteurs blancs de ses oreilles et prit le joli pot doré de Re-Nutriv d'Estée Lauder sur sa table de nuit. Elle étala un peu de la luxueuse crème ici et là sur son visage, avant de se masser longuement. Patricia Berto avait gardé quelques réflexes de coquetterie même si, depuis longtemps la femme de 66 ans qu'elle était évitait soigneusement les miroirs. Depuis longtemps. Oui. Depuis que sa très grande beauté s'était totalement flétrie. Et pas seulement à cause du travail de dévastation naturel du temps. Non. Ses traits si parfaits, si sensuels, elle les avait scrupuleusement démolis, fracassés, durant les vingt dernières années, à grands coups de whisky coca avalés à n'importe quelle heure du jour ou de la nuit, de cigarettes Vogue perpétuellement allumées au coin des lèvres et de crises de larmes quotidiennes, qui avaient fini par dessiner deux profonds ravins de part et d'autre de ses joues effondrées. Mais il n'y avait pas que sa splendeur que l'ancienne cadre dirigeante de l'industrie pharmaceutique avait achevé de ruiner. Non. Cela encore, ce n'était rien. Elle avait aussi torpillé tout ce qu'elle avait aimé durant son existence. Tout. Elle avait tout détruit. Et aujourd'hui, la contemplation des décombres encore fumantes de sa vie l'occupait entièrement. Surtout la nuit. À un point tel que Patricia Berto n'essayait même plus de lutter contre ses insomnies. Elle alluma une de ses longues et fines cigarettes, rejeta la fumée au plafond et cala mieux sa nuque contre son oreiller ergonomique. Elle vérifia encore une fois qu'elle n'avait manqué aucun mail, aucun appel, ni aucun message sur son téléphone portable et constata, comme à l'accoutumée, qu'il n'en était désespérément rien. Elle hésita à envoyer encore un texto à sa fille mais n'osa pas. Elle aurait tant aimé lui écrire combien elle pensait à elle. Surtout après la brève conversation qu'elle avait eue hier soir avec Gabriel. Son bébé. Qui allait à son tour peut-être devenir maman. Gabriel avait l'air de ne pas y croire puisque Jeanne, selon lui, prenait une contraception, il avait parlé de *sa dernière invention,* encore une de ses fantaisies, de ses lubies, il faut qu'elle retourne voir quelqu'un, avait-il dit, de gré ou de force, elle ne va pas mieux, elle ment, elle se ment continuellement, votre fille est à moitié folle, avait-il lâché entre ses dents. Mais Patricia Berto avait aussitôt rassuré son gendre en lui disant qu'elle savait que Jeanne avait arrêté de prendre la pilule depuis quelque temps et qu'elle était donc bien possiblement enceinte, elle avait dit tout ça d'une traite pour prendre la défense de sa fille, tout en faisant promettre à cet homme qu'elle connaissait si mal de ne rien, rien, rien lui dire de leur échange. Et le rustre lui avait raccroché au nez. La femme regarda l'écran noir de son téléphone, hésita encore. Mais elle savait trop combien chaque signe qui venait d'elle, même parfois le plus insignifiant, était mal reçu et mal interprété par Jeanne. La plupart des messages qu'elle lui envoyait déclenchaient une colère terrifiante, suivie d'une salve d'insultes et d'accusations qu'il lui fallait alors encaisser sans moufter durant d'interminables minutes. Parfois, au contraire, un simple texto pour prendre des nouvelles de sa *petite Jeanne* provoquait en retour un long silence glacial, comme lors de ces dernières semaines. Mais ce silence-là s'était trop éternisé. L'inquiétude avait dévoré *son cœur de mère* et elle s'était résolue, après maintes tergiversations, à joindre Gabriel. Elle ne le regrettait pas. Ce qu'il lui avait dit était si extraordinaire. La femme toussa longuement et écrasa ce qui restait de sa cigarette dans un cendrier qui débordait de mégots, coincé entre sa lampe de chevet et une bouteille où marinait un vieux fond de JB tiède. Demain. Demain, oui, elle appellerait

Jeanne. À de très rares occasions durant ces dernières années, et souvent quand elle s'y attendait le moins, elle avait eu la chance en lui téléphonant de *bien tomber*. Oui. Patricia Berto avait alors la sensation d'être précipitée dans une déchirure du temps, un espace situé hors de toute chronologie connue. Elle rebondissait sur cette structure spatio-temporelle élastique qu'Einstein avait intuitée. Un trou noir. Une béance prodigieuse. Sans doute tenait-elle encore à ce qui lui restait de vie dans le seul espoir d'y retourner encore. Encore, oui. Lors de ces si précieux interstices, sa fille semblait avoir comme *tout oublié* de la profonde haine qu'elle lui vouait, elle ne ressassait plus à l'infini son enfance broyée, elle se confiait au contraire gentiment à elle, intarissable, elle l'appelait maman, riait, lui disait qu'elle ne prenait plus sa pilule, qu'elle allait lui envoyer son dernier livre avant même sa sortie, Jeanne ne hurlait pas quand elle lui disait combien elle l'aimait, combien elle regrettait le passé. Non. Et le plus incroyable était que, lorsque la jeune femme était dans ces dispositions, sa voix montait dans les aigus, comme celle d'une toute petite fille. Comme celle de la petite fille qu'elle était. Qui courait dans le minuscule jardin autour de la maison où Michel avait planté cette magnifique rangée de roses trémières. La toute petite fille qui se régalait des framboises, des mûres et des fraises que l'homme y faisait pousser. La petite fille qu'elle grondait, elle, sa mère. Sévèrement. Parce qu'elle avait encore taché avec ces saloperies de fruits rouges sa robe toute propre, dont elle tirait les cheveux noirs et tellement emmêlés, encore et encore, avec une brosse, jusqu'à la faire hurler, d'accord, mais pour essayer de la faire ressembler à quelque chose, merde. Cette enfant qu'elle avait faite pour faire plaisir à sa propre mère, qui rêvait d'être grand-mère. Cadeau. Sa propre mère, oui, aux yeux de qui Patricia Berto n'en faisait jamais assez. Pourtant, elle avait tout tenté pour séduire cette femme sèche. Jusqu'à détruire son propre enfant, pour la protéger. Quand elle avait compris que Romain. Quand Jeanne. Le sang par terre. Partout dans la salle de bains. La vie qui s'écoulait à grands flots du bras de sa fille devenue une si jolie adolescente. Patricia Berto avait cautérisé la plaie, oui. Mais non. Pas la plus béante. Elle avait refusé à Jeanne d'aller en justice. Refusé. Voilà. On ne portera pas plainte. Sa propre mère ne devait pas savoir. « *Tu comprends, ça ferait beaucoup de bruit et mamie serait forcément au courant et...* » Elle l'aurait trop mal jugée. Déjà qu'elle avait divorcé du père de Jeanne, un chauffeur de bus, un moins que rien, un bâtard né de père inconnu, qu'elle avait épousé on ne savait pas pourquoi, pour se mettre ensuite avec un autre moins que rien. Un éducateur, un soi-disant travailleur social, mais qu'elle devait quasiment entretenir et qui avait eu des démêlés avec la justice. Une bien sale affaire. Et qui aurait violé sa fille. Violé sa fille de six ans. Non. Non, il ne fallait pas que ça se sache. Pas de procès, pas de plainte, pas de bruits. Sa mère ne lui aurait pas pardonné, jamais, car Patricia Berto aurait alors définitivement jeté l'opprobre sur leur si respectable famille, si bien intégrée dans la petite bourgeoisie catholique lyonnaise. Trois générations de médecins et de pharmaciens bien installés. Il ne fallait rien dire. Non. Jeanne allait oublier. Et puis, qu'est-ce que Romain avait bien pu lui faire à six ans ? À six ans. Le lendemain de la tentative de suicide de Jeanne, de *son pauvre appel au secours*, préférait-elle dire, Patricia Berto était allée retrouver cet homme avec qui elle n'avait jamais pu complètement rompre, mais dont elle s'était officiellement séparée après le scandale du *foyer de l'horreur* – même si elle n'avait jamais cru à son implication dans le crime. Elle ne pouvait simplement plus partager sa vie avec lui. S'afficher auprès de lui. Qu'aurait-on dit ? Mais elle le revoyait. Ça, oui. Secrètement. Épisodiquement. Elle allait parfois chez lui. Le plus souvent, il la rejoignait dans un hôtel. Patricia Berto l'attendait, comme une camée son dealer. Et Romain lui donnait ce qu'elle voulait. Il la baisait comme personne. Comme personne ne l'avait jamais baisée et ne la baiserait jamais plus durant sa vie entière. Les mains sèches aux veines bleutées et saillantes aux ongles vernis en rouge carmin de la femme se crispèrent sur le tissu de sa housse de couette blanche. Mais quand elle avait bondi dans sa voiture ce jour-là, tout ce qu'elle voulait de ce salopard, c'était qu'il lui demande pardon. Pardon. À genoux. Et qu'il s'explique. Elle avait donné des calmants à Jeanne et changé le pansement autour de son bras. Oui. Jeanne dormait en sécurité dans son lit. Alors, Patricia Berto avait conduit comme une folle jusqu'à Givors, cette petite ville de la proche banlieue lyonnaise où vivait désormais Romain. Elle avait gravi quatre à quatre les marches qui menaient à son appartement minable. Mais. Ce qu'il lui avait dit. Ce qu'il avait répondu à ses accusations, quand elle avait déboulé en furie chez lui, en hurlant, en s'accrochant à son tee-shirt, en lui crachant au visage de lui dire, lui dire ce qu'il avait bien pu faire à sa fille, à *sa petite*, elle ne pouvait plus l'entendre. Non. Non. La femme essaya de retenir le souvenir qui, chaque soir, surgissait et venait la détruire, la ravager un peu plus. Elle porta ses mains aux oreilles. Ses yeux s'humectèrent. Le retenir. Le souvenir de la phrase assassine. Elle attrapa son smartphone et ouvrit Google au hasard, pour tenter de faire diversion. Tout. N'importe quoi qui pourrait l'absorber un instant. Elle tomba sur la traduction très approximative des quelques phrases de la chanson qu'elle avait écoutée en se mettant au lit. « *Tu me gardes enfermée dans ton esprit brisé. Je continue à chercher, mais je n'ai jamais été capable de trouver une lumière derrière tes yeux morts. Tu as tout pris de mon monde. Tu ne sais que cracher la haine. Tes mots sont des armes.* » La femme ferma les yeux. Elle se concentra pour se repasser encore mentalement le couplet qu'elle venait de parcourir. Elle n'aimait pas beaucoup la musique, beaucoup trop violente à son goût, de cette chanson de Seether qu'elle écoutait pourtant en boucle tant les paroles, elles, la touchaient au cœur. Elle l'avait découverte au hasard de ses multiples pérégrinations sur le Net. *Words are Weapons* avait-elle tapé dans le moteur de recherche de son ordinateur. « Les mots sont des armes. » Oui. Elle avait abouti sans trop savoir comment à ce titre d'un groupe de rock sud-africain. La femme rouvrit ses yeux. Portable toujours en main, elle lança le clip de la chanson, regarda les premières images du guitariste à longue barbe au milieu de ce qui semblait être un désert et se laissa emporter par la voix si mélancolique du chanteur. Mais le visage tordu par la haine de Romain se superposa soudain à lui. Jusqu'à tout recouvrir. Son et images. Non. Elle essaya de le chasser. De se concentrer. Mais Patricia Berto ne faisait pas le poids. Non. Elle ne l'avait jamais fait. Elle fit taire son iPhone, s'abandonna sans lutter davantage et se laissa submerger encore une fois par les eaux noires de sa mémoire. Romain avait arraché ses mains de son tee-shirt et l'avait durement repoussée. Elle s'était retrouvée au sol entre un fauteuil en velours vert et une table basse en verre aux angles aigus, jamais elle ne s'était sentie si vulnérable. L'homme s'était approché d'elle et l'avait violemment saisie par le bras, il l'avait traînée jusqu'à la porte d'entrée de son appartement et avait attrapé une poignée de ses cheveux, puis il avait collé sa bouche contre son oreille pour distiller son poison. La voix, la phrase, le ton. Tout était intact. « *Tu crois vraiment que j'ai vécu un seul jour avec toi pour autre chose que pour m'envoyer ta salope de gamine ? C'est elle que j'avais repérée, tout de suite, quand je t'ai fait du rentre-dedans la première fois. Elle. Tu te souviens que tu étais avec elle ce jour-là, hein ? Elle. Pas toi, ma grosse. C'est elle que j'avais repérée. Et crois-moi, ça valait la peine. Si je te revois encore de temps en temps, c'est juste pour ne pas vous perdre de vue, savoir où vous êtes. Je me la referais bien.* » Puis il l'avait jetée dehors sur le palier, en manquant de la faire tomber du haut des escaliers en béton de l'immeuble. Patricia Berto essuya ses larmes, elle dévissa le bouchon en métal de la bouteille de whisky et la finit à même le goulot. Elle plaça sur ses yeux le masque en satin mauve qu'elle s'était offert la veille à la pharmacie. Mais cette prothèse dérisoire ne ferait rien contre l'insomnie qui se profilait. Elle le savait. Et s'en foutait. Depuis l'annonce de sa maladie, elle était presque soulagée de ne dormir qu'à peine deux ou trois heures par nuit. Cela lui laissait plus de temps pour penser à sa Jeanne. Aux bons moments qu'elles avaient partagés. Et c'était heureux puisque désormais son temps était compté. Mais elle allait mettre le peu qui lui restait à profit. Et aucune minute ne serait de trop pour qu'elle obtienne, peut-être, ce qu'elle attendait depuis si longtemps. Le pardon de sa fille. Son pardon. Avant de crever. La femme se redressa subitement. Elle avait raté quelque chose. Elle souleva brusquement son masque en satin et s'empara à nouveau de son téléphone portable. Elle ouvrit sa boîte mail et sentit une incroyable excitation l'envahir. Bien sûr. Comment n'y avait-elle pas pensé plus tôt.

14

Paris – jeudi 8 novembre 2018

Les sushis avaient été vite avalés. Jeanne avait desservi tout aussi rapidement et, en parfaite maîtresse de maison, elle avait invité Louise à finir son verre de vin en compagnie de Gabriel au salon, tandis qu'elle préparait du café. Elle prit son temps. Lorsqu'elle les rejoignit avec trois tasses posées sur un petit plateau, le malaise autour de la table basse était si palpable que même son mari, pourtant grand maître de ce genre de cérémonies, ne parvenait pas à créer une ambiance propice à la réalisation de ses desseins. L'homme avait pourtant tenté de feutrer l'atmosphère en glissant le dernier album de Melody Gardot dans le lecteur de CD, mais la voix suave de la chanteuse ne semblait en rien détendre la raideur quasi cadavérique de Louise. Elle se tenait assise sur le canapé en lin, droite *comme un i*, muette, une main accrochée à son verre de sancerre et l'autre crispée sur sa cuisse. Elle lança à Jeanne un regard perdu quand celle-ci posa devant elle une des tasses de café. Jeanne l'ignora, se contentant de compatir intérieurement. Apparemment, l'exercice s'annonçait aussi difficile pour Louise que pour elle. Celle qui fut son amie commençait seulement, sans doute, à comprendre entre quelles griffes elle était tombée. Jeanne lui jeta un coup d'œil à la dérobée. Son visage était littéralement décomposé. C'est qu'à l'instant même, la petite proie d'ordinaire si exubérante et rayonnante devait certainement être prise d'un vertige en découvrant la profonde noirceur de la face cachée de Gabriel et le gouffre sans fond de sa perversité. Jeanne la connaissait trop. Ce que l'homme lui demandait représentait à n'en pas douter pour la jeune femme un effort quasiment surhumain. Ce n'était pas tant la perspective d'une partie de jambes en l'air à plusieurs qui devait l'effrayer, Louise en avait vu d'autres, mais celle de se plier au fantasme totalement tordu de Gabriel de coucher avec elle devant Jeanne, sa femme, dont il lui disait à coup sûr le plus grand mal, celle aussi qui fut pour elle une confidente, une sœur, celle à qui elle avait juré un soutien et une amitié indéfectibles. Que l'homme avait broyés d'un coup. D'un seul. Sans jamais qu'elles n'en aient parlé ensemble. Non. Lorsque Louise était arrivée un peu plus tôt pour dîner, les deux femmes avaient d'ailleurs parfaitement feint d'être *si heureuses* de se revoir après tout ce temps. On s'était embrassées, Louise avait félicité Jeanne pour sa récente nomination au prix Astrid Lindgren, en laissant à peine transparaître l'immense jalousie qu'elle avait ressentie lorsqu'elle l'avait apprise, puis elle s'était apitoyée entre un sushi au saumon et un autre au thon rouge sur sa grossesse débutante et non désirée, lui avait assuré qu'elle serait dans les meilleures mains possibles, pour en finir au plus vite, en sortant de sa poche une petite feuille quadrillée où elle avait écrit l'adresse d'une clinique dans le seizième arrondissement et le nom d'un médecin. Jeanne avait remercié et glissé le papier dans un tiroir de la cuisine. L'affaire était pliée. Il s'agissait maintenant de passer à la suivante, qui les réunissait. C'était là qu'un froid glacial s'était abattu sur elles. Gabriel avait complimenté Louise sur sa coiffure. À raison. Elle arborait un carré au blond éclatant qui la mettait particulièrement en valeur. Les deux femmes s'étaient alors durement toisées et un silence lourd, plein d'aversion réciproque, avait accompagné les quelques lamelles de mangue fraîche qui servaient de dessert. C'était d'ailleurs toute cette haine non dite que l'homme avait réussi à tisser entre sa femme et sa nouvelle maîtresse qui devait particulièrement l'exciter. Voir la manière dont cette détestation, jusqu'alors retenue, les animerait toutes les deux sur un matelas, voir jusqu'où, sans en éprouver pourtant le moindre désir physique, elles iraient. *Pour lui*. Comment avaient-elles pu se laisser manipuler ainsi. L'une ou l'autre n'aurait pas su répondre. Non. Elles étaient pourtant intelligentes, *éduquées*. Mais fragiles.

Différemment, bien sûr. Mais fragiles. Oui. Et Gabriel avait parfaitement su s'introduire dans la faille mentale de chacune d'elles jusqu'à les conduire à former ce soir ce pathétique duo de marionnettes, de poupées gonflables qu'il tenait à sa merci. L'homme écrasa nerveusement sa cigarette. La gêne devenait presque insupportable. Louise finit son vin d'un trait et donna, malgré elle, le signal de départ. Gabriel lui prit son verre vide des mains et le posa. Il se pencha vers la jeune femme et glissa ses doigts sous son chemisier. Elle ne sembla pas s'en émouvoir beaucoup, et se tenait toujours aussi raide sur le canapé, lorsque Gabriel commença à l'embrasser dans le cou, Jeanne se leva de son fauteuil et prétexta en marmonnant un besoin de se rafraîchir pour quitter la pièce. Elle alla dans la salle de bains, ouvrit un robinet et se mit à prendre de profondes inspirations. Elle tremblait. La jeune femme se glissa rapidement dans la chambre, alluma une lampe halogène qu'elle tamisa, et mit en marche la caméra de son iPhone, resté comme elle l'avait placé un peu plus tôt, tourné contre un mur, sur la commode, objectif rivé vers le lit. Elle nota dans sa manœuvre qu'elle avait reçu un texto de Luca, mais ne prit pas le temps de le lire. Elle retourna dans la salle de bains, coupa l'eau et rejoignit Louise et Gabriel. L'homme était maintenant à moitié couché sur la jolie blonde et avait fait glisser sa jupe au sol. « *She don't know* » chantait Melody Gardot. Non, elle ne sait pas, se dit intérieurement Jeanne en se défaisant de sa robe de soie noire. Gabriel l'invita d'un regard à déboutonner le petit haut de Louise, mais Jeanne n'en fit rien. Au lieu de cela, elle disparut à nouveau dans le couloir en sous-vêtements, un bref sourire entendu en coin, en direction de la chambre. Elle voulait les filmer. Tant pis pour Louise. Elle avait tout préparé dans la chambre. Elle savait exactement où se positionner pour ne pas apparaître à l'image. Dans la chambre, oui. Il ne fallait pas que *ça se passe* au salon. Non. Filmer Gabriel. Cela l'avait obsédée depuis le matin. Garder une trace. Pouvoir prouver. Comment il la traitait. Ce qu'il faisait. Jeanne garderait ce film pour la soif. Pour plus tard. Si Gabriel l'abandonnait sans rien lui laisser, comme elle le craignait de plus en plus, la traitant de folle, la laissant sur le carreau pour se mettre en ménage avec une autre jeune femme, pas forcément Louise, un modèle plus récent sans doute, plus malléable encore et qui prendrait sa place et. Elle entendit Louise pousser des petits cris au salon. Jeanne s'assit au bord du lit, au bord des larmes, au bord du gouffre. Dans son superbe et délicat ensemble La Perla. Oui. Maquillée outrageusement. Avec pour seuls bijoux un hématome ambré en haut de son bras gauche et son alliance. Assise là, hors du champ de la caméra de son iPhone, attendant son mari qu'elle voulait minablement piéger, d'accord, mais pour qu'on la croie *une fois dans sa vie*. Une fois dans sa vie. Attendant. Là. Au bord du lit, au bord du précipice. Son mari et. Louise se mit à crier beaucoup plus fort. Jeanne se précipita vers le salon. Du sang s'écoulait de la bouche de la belle Louise. Elle était debout, nue, les yeux ronds, une main sur sa joue. Gabriel venait de la gifler. Il n'avait pas pris ses précautions habituelles. *Jamais sur le visage.* Louise le fixait sans y croire. L'homme lui empoigna le bras, la secoua. « *Tu m'avais dit que tu étais d'accord. Qu'est-ce qu'il y a, bordel ? Qu'est-ce que tu as ?* » Jeanne s'avança pour venir en aide à Louise, mais Gabriel se tourna vers elle comme un fauve. « *Laisse-nous. Retourne attendre dans la chambre* » cracha-t-il entre ses dents. Louise lui résistait. C'était impossible. L'*ego* de l'homme ne pouvait pas le tolérer. Louise tenta de s'échapper, Gabriel la rattrapa et la jeta à terre en baissant la fermeture éclair de son pantalon. Louise hurla quand l'homme la pénétra. Jeanne resta pétrifiée un instant. Le miroir dans lequel elle se reflétait soudainement l'incisa jusqu'au cœur. Et cette blessure la réveilla de son si long sommeil. Louise à terre, c'était *elle. Elle était* cette jeune femme abusée sous ses yeux et *elle était* complice de cet abus. Non. Quelque chose s'inversa brutalement, férocement en elle. Plus jamais. *Never more.* Non. Ce que Jeanne pensait impossible se réalisa brusquement. Elle se déprenait de l'emprise de Gabriel. Elle tenait debout sans lui. « *Laisse-la. Laisse-la !* » Jeanne se mit à hurler, à pleurer d'impuissance, tandis que les cris de Louise redoublaient sous les coups de boutoir de l'homme. Jeanne bondit dans la chambre, attrapa son téléphone sans même prendre le temps d'en arrêter la caméra et composa le 17. Elle mit le haut-parleur. « *Vous avez demandé Police Secours, ne quittez pas.* » Elle enfila un jean, un pull. Un grand silence se fit soudain au salon. Jeanne s'y précipita. Elle n'en crut pas ses yeux. Louise était blottie dans les bras de Gabriel. Il lui caressait la joue, l'embrassait là où il l'avait frappée, en même temps qu'il lui faisait maintenant l'amour lentement, tendrement. Ni l'un ni l'autre ne la voyait. Jeanne n'existait plus. Non. Celle qui était déjà si étrangère à sa propre existence en fut totalement exclue. Son appel à Police Secours était toujours en attente. Elle raccrocha, arriva sans savoir comment devant son bureau où elle prit son ordinateur portable qu'elle glissa dans sa housse. Elle avança jusqu'à la porte d'entrée et attrapa son sac à main. Des gémissements de plaisir de Louise emplissaient tout l'appartement. Le souffle puissant qui s'était levé poussa Jeanne en avant et décolla dans le même temps le masque qui, depuis toujours, la figeait. Elle franchit le seuil de son domicile comme son père l'avait fait trente-trois ans auparavant. À la différence que Jeanne *savait* qu'elle n'y reviendrait jamais. Elle attendait l'ascenseur depuis une poignée de secondes, lorsque la porte de l'appartement s'ouvrit dans son dos. Jeanne se retourna, Gabriel avait des yeux fous, il se rua vers elle, lui empoigna les cheveux « *Qu'est-ce que tu fous ? Où tu crois aller comme ça ?* » Jeanne ne hurla pas, ne répondit rien. Elle regarda la silhouette menue de Louise apparaître dans le cadre de la porte d'entrée et crut, encore une fois, se dédoubler. Gabriel tira plus fort encore les cheveux de Jeanne au moment où l'ascenseur arrivait à l'étage. *« Si tu pars, je te détruis, salope. Je te détruis, tu m'entends. »* La bouche de la jeune femme se déforma en une grimace affreuse, mais son cri était toujours muet. *« Si tu fais un pas dans cette saloperie d'ascenseur, ce sera ton tombeau. »* Les portes de la cabine s'ouvrirent. Les voisins apparurent. Un homme et une femme d'une soixantaine d'années. Lui notaire, elle médecin. Gabriel lâcha prise. La femme le regarda durement. Ils sortirent de l'ascenseur. Jeanne s'y engouffra à leur place.

15

Paris – vendredi 9 novembre 2018

Elle n'était venue qu'une seule fois. Jeanne n'était pas sûre du tout de retrouver son chemin au milieu de toutes ces enfilades de box fermés. Le chauffeur de taxi qu'elle avait réussi à alpaguer boulevard Saint-Germain avait conduit comme une brute jusqu'à Nanterre. Durant le trajet, l'homme lui avait jeté d'incessants coups d'œil dans le rétroviseur et n'en pouvant plus, elle lui avait demandé de l'arrêter au début de la rue où elle avait loué ce qui lui servait maintenant de garde-meubles depuis trois ans. Elle n'avait pas du tout réalisé qu'il lui faudrait tant marcher pour y arriver. Jeanne frissonna, l'alcool coulait à flots dans ses veines et elle commençait à ne plus bien pouvoir se tenir debout ni avancer en ligne droite. Quand elle s'était retrouvée en bas de chez elle, *dans les beaux quartiers*, il y avait une heure à peine, elle s'était mise à courir, courir.

Elle avait si peur que Gabriel soit à ses trousses. Qu'il la ramène de force dans l'appartement. Elle avait eu la sensation de flotter dans les airs. Bête traquée qui détalait avec l'énergie du désespoir. Gabriel l'avait appelée plusieurs fois sur son portable. Elle *sentait* sa présence partout, se retournait sans arrêt dans sa course. Une fois devant sa Fiat 500 garée rue de Rennes, elle avait réalisé qu'elle n'avait pas la clé, sans doute restée sur le petit meuble de l'entrée. Alors, elle avait erré au hasard. Rue Saint-Sulpice, rue Mabillon, rue du Four. C'était là, bizarrement, rue du Four, qu'elle avait réalisé qu'elle était totalement frigorifiée, sans son manteau et pieds nus dans ses ballerines. Elle s'était réfugiée, toujours sur ses gardes, au bar du Marché, rue de Buci, et avait descendu trois whiskys. Puis elle avait repris son errance. L'alcool n'y faisait rien. Elle avait toujours aussi froid. Gabriel continuait à l'appeler. Elle éteignit son téléphone. Frigorifiée, d'accord, mais *libre*. C'était une sensation que Jeanne ne connaissait pas. L'éternelle prisonnière de ses peurs, de ses haines, goûtait un air nouveau. Carrefour de l'Odéon, elle pleurait, inspirait profondément, soufflait bruyamment. Les passants la dévisageaient. Elle avait ensuite pensé aller à l'hôtel mais en fouillant dans son sac à main pour trouver en vain une cigarette, elle s'était aperçue qu'elle avait accroché à son porte-clés, sans qu'elle se rappelle bien pourquoi, celle du garage de Nanterre où elle avait fait entreposer les meubles de son père. Se réfugier. Là-bas. Oui. Près de ces souvenirs, ces commodes, ces objets qui furent pour elle un univers si rassurant. Bien davantage que cette rue glacée et mal éclairée où elle avançait maintenant de plus en plus péniblement. Tremblante et titubante. Cette putain de porte en fer ne pouvait plus être bien loin. Elle s'arrêta un instant et vit au loin un groupe de jeunes gens arriver. Ils parlaient fort. Elle devina derrière eux un énorme american staffordshire qui les suivait sans laisse ni muselière. L'un des garçons hurlait inlassablement : « *Sa mère la pute, si on le retrouve, je lui déchire sa race, je lui nique sa gueule.* » Des effluves d'herbes chatouillèrent les narines de Jeanne lorsqu'elle les croisa. Elle serra plus fort contre elle la housse de son Mac, mais personne dans la petite bande énervée ne lui accorda la moindre attention. Pas plus que le chien. Ombre parmi les ombres, Jeanne commençait à croire que le dieu des ivrognes guidait ses pas. Elle claquait des dents lorsqu'il lui sembla enfin reconnaître l'allée qu'elle cherchait. Elle sortit son portable et fit jouer la lumière le long des numéros inscrits sur les portails gris alignés. 232. Jeanne glissa une clé tremblotante dans la serrure. Elle eut l'impression de pénétrer à la fois dans la caverne d'Ali Baba et dans son petit abri à vélo d'autrefois. La faible lueur d'un réverbère se refléta à l'intérieur. Une épaisse poussière recouvrait des montagnes de cartons et des empilements de meubles. Elle souleva le drap blanc qu'elle se souvenait avoir posé sur un canapé en cuir. La lampe torche accrochée dans l'entrée marchait toujours. Jeanne referma la lourde porte battante. Il lui sembla qu'il faisait encore plus froid qu'à l'extérieur. Elle secoua une couverture étendue sur un fauteuil et s'en fit un châle. Assise sur le canapé, la jeune femme alluma son iPhone. Vingt-six appels en absence de Gabriel. Aucun message. Elle tremblait toujours et se mit à frotter ses mains pour les réchauffer. C'est là qu'elle la vit, posée tout en haut d'une pile de cartons. La boîte qu'elle voulait venir chercher depuis si longtemps. La jolie boîte en carton qu'elle avait oubliée le jour où les déménageurs avaient tout entreposé ici. La petite boîte où elle avait rangé ses trésors. Elle souffla sur une couche de poussière blanchâtre et l'ouvrit. Rien n'avait bougé : le briquet en argent gravé aux initiales de son père, *MS*, ainsi que ses lunettes à grosse monture d'écaille, aux verres si épais et sa chevalière en or. Le triptyque – briquet, lunettes, bague – avait été pieusement recueilli par Jeanne au soir de la mort de l'homme dans une chambre d'hôpital à Lyon. Il avait rendu ses derniers et épouvantables râles en lui tenant la main, *aidé* par un savant cocktail de morphine et de sédatifs, plus dosé qu'à l'ordinaire. Saloperie de cancer. Saloperie de pompe à morphine. Saloperie. Une infirmière, après avoir constaté le décès, avait demandé à Jeanne si elle voulait bien ranger *les affaires du Monsieur*. Alors, Jeanne l'obéissante avait mis les vêtements à la va-vite dans la valise marron que son père avait apportée, elle avait rangé le briquet et les lunettes dans son sac à main, puis la chevalière, qu'elle avait fait glisser le long de l'auriculaire déjà glacé. Voilà ce qui restait d'un homme. D'une vie. Jeanne regarda les trois objets au fond de la boîte. Il y avait aussi une petite danseuse qu'elle avait rangée là et qui tournait sur elle-même au son des premières mesures de *Gisèle,* quand on remontait le mécanisme logé dans son dos. C'était un vestige du temps d'avant sa reconversion dans l'écriture, du temps où Jeanne avait osé croire qu'elle pourrait peut-être *percer* comme actrice. Minuscule ballerine, premier cadeau de première d'un spectacle sans doute oubliable, mais dont Jeanne avait décroché le premier rôle et qui lui avait valu quelques critiques élogieuses dans la presse locale. Chance du débutant qui jamais ne se répéta. Elle ne se souvenait pas en revanche de ce papier plié en huit et posé dans un coin de la boîte. Elle l'ouvrit, l'émotion la submergea lorsqu'elle reconnut l'écriture *en pattes de mouche* de son père. Il avait apparemment recopié un poème. Jeanne ne se rappelait pas une seconde d'avoir déjà vu et encore moins placé ici la petite feuille noircie. Elle approcha la lampe torche et décrypta non sans mal les mots tracés pourtant avec tout le soin dont Michel Stern était capable.

Le temps viendra
où, avec allégresse,
tu t'accueilleras toi-même, arrivant
devant ta propre porte, ton propre miroir,
et chacun sourira du bon accueil de l'autre

et dira : Assieds-toi. Mange.
Tu aimeras de nouveau l'étranger qui était toi.
Donne du vin. Donne du pain. Redonne ton cœur
à lui-même, à l'étranger qui t'a aimé
toute ta vie, que tu as négligé
pour un autre, et qui te connaît par cœur.
Prends sur l'étagère les lettres d'amour,
les photos, les mots désespérés,
détache ton image du miroir.
Assieds-toi. Régale-toi de ta vie.

Derek Walcott
L'amour après l'amour (Love after Love)

Jeanne essuya les larmes brûlantes qui brouillaient sa vue et, les vapeurs de whisky aidant encore, elle voulut croire que *son papa, de là-haut,* lui faisait un signe. *L'amour après l'amour.* Qu'essayait-il de lui dire ? Qu'elle allait *commencer à s'aimer* après avoir été dévastée toute sa vie en se répétant qu'elle ne valait pas mieux, après s'être détestée, après avoir voulu se détruire, mourir, s'anéantir jour après jour. Nuit après nuit. Un tête-à-tête amical avec elle-même lui semblait impossible. Pour s'y livrer, il aurait fallu qu'elle s'accorde au moins à elle-même une forme de valeur, de *prix.* C'était impossible. *Sorry, daddy.* Oui. S'aimer. Foutaises. À peine savait-elle qui elle était. Comment aurait-elle pu s'accorder la moindre attention. Endormie par ses incessantes remontées de trauma qui l'anesthésiaient autant qu'elles la dévoraient.

C'est pour cela que vous recherchez des relations avec des personnalités violentes. Les mots du psy lui revinrent en salve. Vous ne connaissez que cela, au fond, de votre propre vie. Vous les rechercherez toute votre vie, ces personnalités perverses et destructrices, si vous ne faites pas un travail jusqu'au bout. Vous serez prisonnière de votre agresseur et du processus qu'il a enclenché. Rechercher la violence, déclencher des peurs intenses pour vous sentir vivante. Vous n'existez que pour cela. Revivre des situations de danger, de terreur. Pas pour les exorciser, non. Mais parce que c'est votre manière de vous sentir vivante. Et vous revivrez la peur à l'infini, mais sans jamais vivre. Non. Vous ne ferez que vous adapter à la violence de ceux que vous ferez entrer continuellement dans votre vie.

Voilà ce que le psy lui avait dit, oui, et qu'elle n'avait pas entendu. Voilà ce qu'elle. Ce qu'elle n'avait pas voulu entendre.

Après qu'elle eut fini de tout détruire dans son bureau. Quand elle partait dans le couloir. Ce qu'elle n'avait pas *pu* entendre. Non. Que l'homme lui hurlait pourtant. Devant la boîte à souvenirs, devant le poème qui, en vain lui semblait-il, lui avait été envoyé dans ce garage glacé, les mots claquaient soudain à son oreille. Ordonnés. Clairs. Limpides. Jeanne se pelotonna sous la couverture, une odeur de moisi et de vieux papiers l'étourdissait en plus des restes d'alcool. Elle laissa résonner longuement en elle les phrases qui lui étaient revenues. Puis la fatigue et l'obscurité l'emportèrent. Elle s'abandonnait au sommeil plus facilement ici que dans son propre lit, aux côtés de l'homme qui la terrifiait. Ici, elle était tranquille. Personne ne viendrait. Non. *Comme quand elle dormait chez son papa.* La porte du garage qui abritait ses souvenirs tiendrait bon. Oui. Tout comme avait tenu celle du petit abri à vélo contre laquelle Romain s'était cassé les dents. Son portable vibra, Jeanne tâtonna jusqu'à lui. La *raclure* lui téléphonait. En pleine nuit. Elle rejeta l'appel. Se souvint du texto de Luca. L'ouvrit. Il l'invitait à déjeuner le lendemain. Elle aurait intérêt à prendre une douche, sourit-elle. En reposant l'appareil, elle entendit des cris qui en sortaient. Jeanne se saisit à nouveau de l'appareil dans une fausse manœuvre, elle avait enclenché la lecture d'une vidéo. Celle qu'elle avait prise sans vraiment s'en rendre compte au moment où tout avait *dérapé* dans l'appartement. On ne voyait quasiment rien. Mais on entendait tout. Oui. Toute la bande-son de cette abominable soirée. Et c'était accablant pour Gabriel. On percevait très distinctement ses menaces, sa violence contre Louise, contre elle. Jeanne n'en revenait tout simplement pas. Elle détenait une arme. Pour la première fois de sa vie, elle pourrait répondre à la violence. Une arme. Contre cet homme puissant. Non. Jeanne n'en revenait pas.

16

Ville-d'Avray – 2 avril 2019

« Les faits sont prescrits, on ne peut rien faire. » Jeanne suivit des yeux un groupe de canards qui se faufilaient entre les nénuphars. *« Mais je ne comprends pas. La durée de la prescription a été allongée à trente ans après la majorité, Maître. Trente ans, donc c'est bon. »* La jeune femme perçut dans son iPhone le soupir passablement agacé de son avocat. *« Jeanne, je ne sais pas comment vous le dire. Vous êtes née avant le 6 août 1980 et les premiers faits que vous rapportez remontent à 1987, il n'y a pas eu de plainte, pas d'enquête à l'époque, l'allongement de la prescription ne peut pas s'appliquer à votre cas. Elle ne PEUT PAS. »* Les étangs s'étendaient devant elle. Paisibles. Rien ne semblait avoir changé depuis que Corot avait peint ces deux pièces d'eau, où se reflétaient d'immenses saules pleureurs et des tilleuls centenaires. Jeanne déglutit péniblement. *« Vous voulez dire que*

si j'étais née par exemple le 7 août 1980 et pas un putain de 24 avril de la même année, comme c'est le cas, j'aurais la loi pour moi, c'est ça ? C'est absurde. C'est impossible. Cherchez encore, je vous paierai, il y a sûrement un biais. Vous ne pouvez pas être si certain de ce que vous affirmez. Écoutez, je peux enfin localiser mon agresseur après des années de recherches. Il a eu affaire à la justice en 1989 et… » Cette fois, Maître Philippe Van Meeren s'impatienta pour de bon. « *Si, Jeanne. Je suis certain, affirmatif. Vous ne pouvez rien faire. Rien. La seule action que nous pourrions mener, c'est de nous porter partie civile si d'autres victimes, plus récentes et non prescrites, portaient plainte contre cet individu et qu'un procès ait lieu. Ce n'est pas le cas, n'est-ce pas ?* » Depuis qu'elle avait emménagé dans ce petit appartement de la banlieue ouest, Jeanne avait pris l'habitude de retrouver un peu de calme en se laissant pénétrer par l'immuable beauté du paysage qui s'étendait devant ses fenêtres. Mais aujourd'hui, rien n'y faisait. Rien. Ni le ballet des mouettes et des cormorans, ni encore moins le camaïeu de verts de la forêt de Fausses-Reposes qui courait à perte de vue au-delà des étangs, et qui était d'ordinaire si apaisant. Là, elle avait plutôt envie de hurler aux volatiles de *fermer leurs gueules* et de foutre le feu à ces saloperies de tilleuls gigantesques qui la narguaient par leur impassibilité. Aujourd'hui, elle attendait trop de réponses. Trop. Et la première qui lui arrivait n'était pas franchement celle que la jeune femme espérait. Sa tête explosait. « *Jeanne ? Je comprends que ce soit révoltant, mais c'est comme ça. Écoutez-moi, vous feriez mieux de garder votre énergie pour tout à l'heure. Pour ce qui nous intéresse. Je vous téléphonerai dès que je sortirai du bureau de la juge, mais honnêtement, je ne suis pas très optimiste, je vous rappelle que vous me demandez de flirter avec l'illégalité et j'ai besoin que vous puissiez entendre tout ce que j'aurai à vous dire. Vous m'avez engagé pour défendre au mieux vos intérêts dans cette procédure de divorce particulièrement complexe, pas pour régler une sordide histoire d'il y a trente ans. Et j'aimerais que nous restions concentrés, OK ?* » Jeanne bouillait, elle s'apprêtait à vomir toute la haine et le sentiment d'injustice qui la submergeaient sur ce Maître Von Meeren que lui avait dégoté Luca et surtout lui dire *d'aller se faire*, lorsqu'elle ressentit une puissante douleur au bas-ventre qui la plia en deux sur son balcon. *« OK »* murmura-t-elle avant de raccrocher. Jeanne n'avait pas eu encore de contraction, mais elle comprit immédiatement ce qui lui arrivait. Elle se redressa comme elle put, inspira profondément et massa son énorme ventre. L'élancement la quitta peu à peu. Elle perçut en lieu et place, sous ses doigts, un mouvement large, lent et continu. Le *bébé, le fœtus, le locataire* semblait changer de position. Du tout au tout. Jeanne frissonna. Réagissait-il à la légère pression qu'elle était en train d'exercer ou à la décharge de stress qu'elle avait dû envoyer jusqu'au cœur du liquide amniotique ? Elle ne le saurait jamais. En revanche, ce qu'elle savait, c'est qu'elle venait certainement de vivre la première vraie interaction avec son enfant à naître. Soudain, durant quelques instants, plus rien n'exista d'autre. Ses mains se placèrent de part et d'autre de son ventre, dans l'espoir d'un nouvel échange, puis un flot de larmes incontrôlable se mit à jaillir, emportant avec lui des sédiments séculaires de peur et d'isolement. Elle, oui, la solitaire endurcie qui ne laissait personne au fond, depuis ses six ans, noyauter son intimité, sentit son armure se fendiller sous la force de ces eaux si longtemps retenues. Le barrage que Jeanne avait dressé depuis son enfance entre *elle et le monde* cédait. Un peu. Et c'était déjà beaucoup. La jeune femme se laissa retomber sur une des chaises en teck qu'elle avait installées sur son petit balcon. Les mouettes criaient toujours et les *pêcheurs pêchaient* encore sur le bord des étangs. Comme son père aurait aimé cet endroit. Elle l'imaginait souvent dressant fièrement son panier en acier rempli de carpes dans sa direction. Elle l'imaginait aussi fort qu'elle le voyait. Oui. Il lui était arrivé de faire un signe de la main à une ombre invisible. Mirage. Miracle. Qui sait. Les *pêcheurs pêchaient*. Oui. Le grand cormoran déployait ses ailes pour les faire sécher sous le pâle soleil d'avril, comme il en avait l'habitude. Rien n'avait changé. Et rien ne serait plus jamais *comme avant*. Non. Les mains de la jeune femme retombèrent sur ses cuisses. Jeanne sécha ses larmes d'un revers de la manche et jeta un œil à son téléphone. Maître Van Meeren ne la rappellerait sûrement pas avant une bonne heure.

Il allait prendre le ton sec et docte qu'il utilisait continuellement avec elle. Quelle que soit l'issue de sa rencontre de ce matin avec la juge. La partie était très loin d'être gagnée. Gabriel avait choisi une des meilleures avocates de Paris. Une coriace sans aucun état d'âme de son propre aveu. Celui qui serait incessamment, espérait Jeanne, son ex-mari avait porté plainte contre elle, avant même que la procédure de divorce soit pleinement engagée pour tromperie volontaire puisqu'elle était tombée enceinte alors qu'il la croyait sous contraception. L'homme lui demandait des dommages et intérêts, arguant du préjudice et de la *violence morale* qu'il subissait en se voyant imposer une paternité. Jeanne n'avait pourtant pas demandé grand-chose, elle. Ni la reconnaissance de cette paternité ni encore moins du fric ou une quelconque pension. Juste le divorce, le droit de garder l'enfant et *la paix*. Mais c'était mal connaître Gabriel. Elle lui avait échappé et tant qu'il le pourrait, il lui nuirait. Aucune mesure d'éloignement n'avait été prise malgré les témoignages répétés de Jeanne quant à la *vraie* violence. Celle de l'homme. La partie adverse avait réclamé *des preuves matérielles* ou des témoignages et la jeune femme n'avait rien pu produire. Sauf. Sauf la pièce que son avocat avait finalement dégainée une semaine auparavant, après avoir tant rechigné à le faire. C'est un *procédé déloyal*, lui avait-il répété. « *L'enregistrement d'une conversation d'ordre privé effectué à l'insu de l'auteur des propos invoqués n'est pas recevable* » lui avait-il dit lorsque

Jeanne lui avait fait écouter et réécouter l'enregistrement de la nuit du 8 au 9 novembre dernier. « *Ça va vous enfoncer. Même se retourner contre vous. Vous pourriez être accusée de violation de la vie privée.* » Jeanne avait été totalement abasourdie. C'était elle la *violeuse. La violente*. Mais elle avait tant insisté que Maître Van Meeren avait cédé. Quitte ou double, lui avait-il dit en la perçant de son regard gris. C'était ce matin que la juge devait se prononcer et dire si cet enregistrement était recevable. Et ce qu'elle en ferait. Ou pas. Jeanne rentra dans l'appartement. Elle s'était installée là depuis Noël, après être passée durant quelques semaines d'hôtel en hôtel, comme une fugitive. Un pur hasard. Lorsque l'agent immobilier l'avait amenée dans cette banlieue calme, en lui disant qu'il y avait *un-petit-bijou-avec-une-vue-fantastique* à louer, elle s'était laissée faire et prenait peu à peu ses marques dans ce refuge entre ville et campagne qu'elle avait aménagé avec les meubles de son père. Trois sonneries rapprochées à l'interphone retentirent. Luca. Jeanne se traîna jusqu'à l'entrée pour lui ouvrir. Elle n'avait pas un bon pressentiment. Non. Mais elle était quand même heureuse de voir cet homme si gentil avec elle et à l'optimisme inébranlable. Luca était le seul être humain avec qui elle communiquait à peu près normalement depuis qu'elle avait quitté Gabriel. Toutes ses connaissances, à part lui, lui avaient tourné le dos. Toutes. Toutes avaient pris le parti du Grand Éditeur, du *pauvre Gabriel*, abusé par celle qui se révélait être une petite arriviste sans envergure et en quête d'une pension alimentaire pour *le gosse qu'elle lui avait fait dans le dos.* Jeanne attendait Luca sur le pas de sa porte et quand il arriva en haut des escaliers, il était entièrement dissimulé derrière un énorme bouquet de roses roses. C'était un lot de consolation. Jeanne le comprit immédiatement. « Je ne l'ai pas, c'est ça ? » Le jeune homme se pencha sur un des côtés du bouquet, dans une moue éloquente. Elle avait senti juste. « *C'est Bart. Bart Moeyaert. Écoute, il a été nominé seize fois avant de l'avoir, le prix. Seize fois. T'imagines ? Et je peux te dire que c'est déjà formidable d'être nominée une seule fois. Tu peux être fière. Je suis sûr qu'il pensait ne jamais l'avoir son prix Astrid Lindgren, Bart. Ils vont l'annoncer à la foire de Bologne tout à l'heure. Sois patiente. Ton tour viendra. J'en suis certain.* » Jeanne laissa entrer Luca et lui prit les roses des mains en murmurant un *fallait pas* d'usage. Elle retira le plastique autour et glissa les fleurs dans un vase rempli d'eau. La jeune femme nota que Luca regardait son ventre gigantesque avec insistance. Il s'apprêtait très certainement à faire un des commentaires irrésistibles dont il avait le secret *(c'est une portée de combien, tu crois ? ah ah)*, quand le portable de Jeanne lui cloua le bec. *« Oui, Maître ? Déjà ? »* La jeune femme pâlit, rougit, s'accrocha à son vase. Luca percevait les modulations de la voix de l'avocat dans l'iPhone sans comprendre le sens de ce qu'il disait. Jeanne lui fit un signe qu'il ne sut pas, non plus, interpréter. « *C'est pas possible,* répétait-elle. *Mais c'est pas possible.* » La jeune femme s'éloigna. « *Grave, comment ?* » Le vase qu'elle tenait d'une main faillit glisser. Luca se précipita pour l'aider. Leurs visages se frôlèrent. Jeanne esquiva. Elle raccrocha dans un « *Très bien, Maître.* » La jeune femme secoua la tête, livide, et murmura « *Merde. Merde.* » Elle partit s'enfermer sans plus d'explication dans sa chambre. Luca posa les roses sur une console devant le balcon. Puis il fixa longuement la danse mélancolique des mouettes sur les étangs.

17

Paris – dimanche 14 juillet 2019

D'habitude, elle les fuyait, se terrait, s'enfermait. Ce n'est pas seulement qu'ils la terrifiaient, ils avaient aussi le pouvoir de la plonger dans un état quasi cataleptique. Il fallait vraiment que ça tombe ce soir. Cette nuit. Jeanne était hospitalisée pour une prééclampsie depuis quelques jours à la clinique de la Muette, à quelques encablures seulement du Champ-de-Mars. Du cœur battant de la *Fête nationale*. Elle appuya une fois encore sur le bouton d'appel pour demander l'aide d'une infirmière. Des feux d'artifice avaient déjà, par deux fois, provoqué une crise nerveuse si forte chez la jeune femme qu'elle était restée pendant de longues heures prostrée en position fœtale, sans qu'elle ne puisse plus commander à ses muscles, pendant et à l'issue du bombardement de sons et de lumières. Et là, ce n'était clairement pas une option envisageable. Non. Jeanne avait perdu les eaux depuis la fin de l'après-midi et les contractions se rapprochaient de plus en plus, cognant, frappant et recognant contre ses reins. La jolie brune, qui s'était tout de même alourdie de vingt-deux kilos depuis le début de sa grossesse, se tourna péniblement sur son lit articulé, en direction de la fenêtre. La nuit, redoutable, s'avançait. Des bribes du concert géant qui avait lieu en ce moment même au pied de la tour Eiffel et qui précédait les imminentes détonations du feu d'artifice lui parvenaient. La jeune femme reconnut les premières mesures de *Va, pensiero.* L'hymne de la liberté. *Nabucco*. Verdi. Jeanne ferma les yeux. Le *Chœur des esclaves hébreux* s'éleva et emplit le crépuscule. « *Va, pensée, sur tes ailes dorées, va te poser sur les collines où embaume, tiède et suave, l'air du pays natal.* » Elle posa ses mains sur son ventre et se laissa emporter, un instant, par le chant. Mais elle n'avait, quant à elle, aucun pays natal à regretter, aucune racine. Rien qui l'aurait reliée à un passé rassurant. Non. Aucune nostalgie. Elle avait grandi dans l'épouvante, sans socle aucun. Jeanne n'avait au fond, de son enfance, gardé qu'une giclée amère que rien, jamais, n'avait pu laver. Une nouvelle décharge dans ses reins lui arracha un cri. Et elle, quelle mère serait-elle ? La jeune femme jeta un œil à sa montre, dans moins d'une heure maintenant, les fusées allaient déchirer et embraser la nuit. La dernière crise qu'avait provoquée le bruit seul et pourtant lointain d'un feu artifice avait été écourtée par un médecin que connaissait Gabriel et qui était accouru à leur domicile pour administrer à Jeanne une dose massive de myorelaxant. Avant de l'appeler, Gabriel avait tenté de faire bouger celle qui était alors sa jeune épouse, mais il lui avait raconté que son corps avait une rigidité proche de celle des cadavres et qu'elle ne réagissait plus à aucun stimuli. La jeune femme était revenue à elle peu après l'injection, mais dans un état de confusion si important que Gabriel avait dû s'interposer pour que le médecin ne l'embarque pas illico aux urgences psychiatriques. L'homme avait tout de même laissé deux choses : une seringue préremplie d'un calmant à la limite de l'anesthésique si la crise revenait et l'adresse du psy que Jeanne finirait par *quitter* avec fracas. *Certainement un choc émotionnel massif,* avait diagnostiqué l'analyste lorsque Jeanne lui avait raconté ce qui l'amenait lors de leur première entrevue en face à face, après que toute lésion cérébrale ou neurologique eut été écartée. *Un rapport direct avec le feu d'artifice ? Un souvenir ?* avait-il simplement demandé. La jeune femme s'était d'abord tue. Longuement. *Je ne suis pas sûre de pouvoir,* avait-elle fini par lâcher, à peine audible. L'homme au regard doux s'était effacé sans bruit. Il avait quitté son bureau en acajou et avait disparu du champ de vision de Jeanne pour s'asseoir sur une chaise hors d'âge, posée à côté d'un sofa lui-même élimé. Alors. Alors seulement, Jeanne avait pu. Dire. Le 8 décembre. Romain. Lyon. Romain. Ses 7 ans. Le divorce de ses parents. Romain. La Supercinq bleu turquoise de sa mère qui s'éloigne. Romain. Son sexe. Dur. Partout. La peur. La sidération. L'odeur révulsante. Dans sa bouche d'abord. Puis la douleur. En elle. Les doigts. Et lorsqu'il l'avait déchirée. Dire. Confusément. La mort.

La séparation d'avec son corps. Le tapis rouge du salon. Le liquide blanc collant. Le sang. Et le bruit, le bruit, le bruit, pendant qu'elle sentait l'homme en elle, des fusées du feu d'artifice gigantesques. Comme autant de feux de détresse envoyés par dizaines dans le ciel. SOS enflammant longuement la nuit auquel personne jamais, pourtant, ne répondit. Ni ce soir-là. Ni jamais. Non. Dire. Oui. Qu'elle avait. De ce jour. De cette nuit. Disjoncté. À jamais. Un léger toc-toc se fit entendre en même temps que la porte de la chambre s'ouvrit brusquement. L'infirmière n'était plus la même que celle de tout à l'heure. Ce soir, Gabriel n'appellerait personne pour l'aider. Non. C'était affreux. Il lui manquait. Autant qu'elle le haïssait. « *Vous en êtes à combien ?* » Jeanne, en sueur, hagarde et nue sous sa blouse jetable lacée dans le dos, regarda la femme d'âge mûr sans comprendre. « *Madame ? Vos contractions, elles sont espacées de combien maintenant ?* » Une aide-soignante fatiguée et munie d'un seau et d'un balai à franges entra dans le dos de l'infirmière et chercha des yeux la flaque qu'on avait dû lui demander de nettoyer. Jeanne poussa un râle. Un spasme beaucoup plus fort que les autres la fit se tordre sur son ventre maintenant monumental. *« Je ne sais pas »*, souffla-t-elle. *« Toutes les dix minutes, cinq, moins ? »* L'aide-soignante soupira : « *Vous les avez perdues où les eaux ?* » Jeanne avait soudain l'impression qu'une armée entière lui donnait des coups de batte de baseball dans les reins. Elle hurla. Puis se reprit, jeta un regard vide aux deux femmes plantées devant elle sous la lumière blafarde des néons. Dehors, là-bas, si loin, si près, sous de puissants projecteurs, un chanteur d'opéra s'époumonait maintenant devant une foule certainement immense dans une adaptation de *La Mamma* d'Aznavour. *« Devant les toilettes, j'ai perdu les eaux devant les toilettes. Je croyais que j'avais envie de faire pipi et... »* Jeanne ne termina pas sa phrase, elle se redressa dans un nouveau braillement. *Elle va mourir la mamma. « J'ai mal, aidez-moi, s'il vous plaît, aidez-moi. »* L'infirmière s'approcha d'elle. *« Il faut être un peu patiente Madame, on va bientôt vous descendre en salle d'accouchement, ne vous inquiétez pas, dès que les contractions arriveront à peu près toutes les minutes. »* Jeanne s'agrippa à la main de l'infirmière. « *Déclenchez-moi, je vous supplie. Déclenchez-moi. Maintenant. Il faut que j'accouche maintenant.* » L'aide-soignante disparut dans le petit cabinet de toilette attenant dans un soupir navré en marmonnant « *Elle est pas bien, celle-là.* » *« Je croyais que vous aviez suivi des cours d'accouchement sans douleur, c'est ce qu'il y a écrit sur votre fiche. C'est le moment de vous en servir, Madame »* enchaîna l'infirmière en récupérant sa main. « *Soufflez doucement. Vous vous souvenez ? Comme dans une paille.* » Jeanne eut envie de faire passer l'infirmière en bout de course et sa blouse rose bonbon par la fenêtre. Elle vociféra en se redressant *« Je ne veux pas souffler dans une paille. Je veux voir l'anesthésiste pour qu'il me fasse une putain de péridurale, vous voyez la différence ?* » Une nouvelle salve lui broya les reins. Cette fois, Jeanne jeta à l'infirmière des yeux fous. *« Je veux accoucher. S'il le faut, faites-moi une césarienne. Maintenant. S'il vous plaît. Avant 23 heures. Vous comprenez. Avant le feu d'artifice. Vous croyez qu'on l'entend de la salle de travail ? Parce que si c'est le cas, il me faudrait des boules Quiès. Ou un casque. Avec de la musique.* » Cette fois, l'infirmière s'éloigna en direction de l'aide-soignante. « *T'as raison, Marie-Claire, elle n'est vraiment pas bien, celle-là.* » Sur le pas de la porte de la chambre, la femme en rose se retourna *« Le papa, il a été prévenu ? Il assiste à l'accouchement ?* » Jeanne se laissa retomber sur le lit trempé de sueur. *« Il n'y a pas de papa »*, siffla-t-elle entre ses dents en fixant le plafond. Ce n'était pas tout à fait vrai.

18

Route de Saint-Jean-le-Thomas

30 septembre 2019

Jeanne était totalement aveuglée par les phares de la voiture sur laquelle elle fonçait. Elle écrasa la pédale de frein, donna un violent coup de volant vers la droite, juste avant le choc frontal, partit dans un tête-à-queue vertigineux et faillit s'encastrer dans le mur du tunnel. Son véhicule s'immobilisa à quelques millimètres de la paroi. La jeune femme tremblait de tout son corps. Sa ceinture de sécurité qui s'était resserrée automatiquement la ligotait presque. Elle n'avait rien. Aucune blessure. Rien. Putain. Le système autonome de freinage de sa Fiat 500 s'était déclenché. Implacable. *« Dès que vous le pouvez, faites demi-tour. »* Saloperie de GPS. *« Faites demi-tour. »* Jeanne se détacha pour ramasser péniblement son téléphone portable tombé entre ses pieds. « *Faites demi-tour.* » Elle fit taire l'appareil d'une main tremblotante et se figea. Elle n'osait pas regarder vers la berline noire arrêtée elle aussi maintenant, un peu plus loin, et qu'elle avait failli percuter de plein fouet. Sa Fiat avait dû dévier de sa trajectoire lorsqu'elle avait quitté la route des yeux durant quelques secondes en s'engouffrant dans le tunnel. Jeanne avait voulu vérifier encore une fois l'itinéraire que le GPS de son smartphone lui proposait pour arriver à la plage dont le nom était griffonné partout sur le petit carnet qu'elle avait trouvé à l'hôtel. Elle fixa le mur cimenté devant elle qu'éclairaient les phares de sa voiture et que frôlait sa carrosserie. Comme elle-même venait de frôler la mort. La mort. Cette *libération*. Qu'elle avait espéré sa vie durant. En perforant inlassablement ses veines, en se gavant infatigablement de narcotiques surpuissants, en s'autodétruisant autant qu'elle avait cherché obstinément des relations qui la détruiraient, elle l'avait en face d'elle. Oui. Mais pour la première fois, *véritablement*. Le visage de la mort. Qui la scrutait. Depuis cet écran, depuis ce mur, là, derrière la vitre de sa voiture. Et son regard n'avait rien de *libérateur*. Non. Il était glacé et terrifiant. Et sa bouche immense s'ouvrait en un gouffre effroyable. La jeune femme ferma les yeux de toutes ses forces pour chasser la vision hideuse. Le visage minuscule de David apparut en lieu et place sous ses paupières. David le Magicien. Qui effaçait *le mal*. Elle eut envie de le serrer maintenant, si fort. De l'étreindre et de lui dire. Combien elle l'aimait. De renifler dans sa nuque minuscule son odeur de lait. D'effleurer de ses lèvres le duvet brun qui recouvrait les fontanelles si fragiles de son bébé. Son bébé. Elle avait failli perdre la vie. À peine la lui avait-elle donnée. Pardon. Pardon. Pardon. Pardon. Pardon. Elle voulait le retrouver tout de suite. David le Magicien. Elle se rassura en se disant qu'il allait bien. Dans les bras de Luca. Là-bas, à l'hôtel. Qu'est-ce qu'elle était venue faire là, bordel, sous ce tunnel, poursuivie par ce passé qui ne passait pas, autant qu'indéfiniment à ses trousses. Quand elle n'avait vu personne au rendez-vous fixé au bar de l'hôtel, un peu plus tôt dans l'après-midi, Jeanne avait décliné son identité et, prétextant une vive inquiétude elle avait demandé la clé de la chambre à la réception. Elle avait retourné à la va-vite la valise, l'armoire et les tiroirs et était finalement tombé sur ce carnet à spirale qui lui avait comme brulé les doigts. Jeanne avait bondi dans sa voiture et pris la direction de la côte, en panique, après avoir lu les derniers mots qu'il contenait : « *30 septembre – Lorsque la mer s'est retirée ce matin, j'ai marché, marché sur le sable jusqu'à sentir le sol se dérober à un endroit. On aurait dit que je piétinais soudain un matelas d'eau. J'avais trouvé mon trésor. Alors j'ai creusé. J'ai creusé ce qui sera peut-être ta tombe. Et j'ai versé l'eau puis l'argile qui t'y emprisonnera. Ça a été presque trop facile. Mais c'est fait. Et toi, pourriture, si tu ne prends pas garde à ce que tu me diras tout à l'heure, tu seras bientôt dans ce trou. À ta place. Entre vase et néant.* » Un bruit de moteur sortit la jeune femme de sa torpeur. Un SUV gris roulait au pas dans le souterrain et s'arrêta à sa hauteur. Un gros type en sortit. « *Ça va ? Pas de mal ?* » L'homme donna deux petits coups sur le pare-brise. « *Ça va ?* » Jeanne se décida à s'extraire à son tour de sa voiture. « *Un peu choquée, mais ça va, oui.* » Tous deux se tournèrent vers la berline noire. La femme qui en descendit s'était apparemment cogné la tête. Un mince filet de sang coulait de sa tempe à son menton. « *Vous avez besoin d'une ambulance, Madame ?* » demanda le gros type. La femme regarda Jeanne et lui sourit. Elle resta à distance et essuya simplement le sang sur sa joue, d'un revers de la main. « *Non.* » Le type devait être d'une nature particulièrement serviable car il se proposa comme témoin et voulut donner son nom, son numéro de téléphone et son adresse pour le constat d'accident. « *Il n'y a pas eu d'accident* », lança la femme de la berline, toujours de loin. Jeanne n'ajouta rien et le type après un temps remonta dans son SUV en secouant la tête. Quand elles furent seules, les deux femmes se rapprochèrent. Une odeur de pneu brûlé flottait dans l'étroite et sombre coursive. Jeanne fouilla dans la poche arrière de son jean et en sortit le petit carnet qu'elle avait trouvé à l'hôtel. Elle le tendit à la femme qui lui faisait face. « *Qu'est-ce que tu as fait ?* » La femme ne prêta aucune attention au calepin et dévora Jeanne des yeux. Elle tendit une main vers le visage et les longues boucles brunes de sa fille, mais quand elle s'aperçut que ses doigts étaient couverts de sang, elle s'arrêta dans son mouvement. « *Ce que j'aurais dû faire depuis bien longtemps, ma chérie.* » Une autre voiture pénétra dans le tunnel et ralentit à la hauteur des deux femmes. Elles firent ensemble un geste à la conductrice pour lui signifier que tout allait bien. Jeanne attendit que la voiture disparaisse pour empoigner le bras de sa mère et hurler : « *Où est ce qu'il est, Maman ? Où est ce qu'il est ? Je voulais le voir me demander pardon à genoux. Tu m'avais promis que. Je suis venu jusqu'ici parce que tu m'as promis qu'il le ferait. Et maintenant. Qu'est-ce que tu as fait, qu'est-ce que tu as fait sur cette putain de plage ?* » Patricia Berto ne chercha pas à se dégager. Elle jouissait au contraire de ce contact avec Jeanne. Mais son visage changea soudainement du tout au tout. « *Le bébé ? Il n'est pas dans ta voiture, j'espère.* » Jeanne resserra sa prise et cria plus fort encore. « *Laisse-le. Tu n'as même pas le droit de parler de lui. Dis-moi simplement où est cette ordure de Romain.* » Des sirènes hurlantes précédèrent l'irruption de gyrophares bleus sous le tunnel. Jeanne lâcha sa mère. Toutes les deux fixèrent le véhicule braillant et aveuglant qui stoppa devant elles. Les trois policiers, dans leur véhicule, crurent voir deux lapins pris dans leurs phares. Ils en descendirent, comme les cow-boys descendent de cheval dans les westerns-spaghettis. Avec ce mélange de virilité et d'agressivité qu'appuyaient lourdement les matraques et les armes qu'ils portaient de part et d'autre de leurs ceintures.

Jeanne prit les devants. « *J'ai perdu le contrôle de ma voiture, mais il n'y a aucun dommage. Rien.* » Le plus grand des trois hommes en uniforme fixa la blessure à la tempe de Patricia Berto. « *Vous êtes sûre que ça va, Madame ?* » La femme hocha la tête dans un grand sourire. « *Oui, oui. Plus de peur que de mal.* » L'homme continua à la détailler « *OK. Vous venez du côté des falaises, de la plage de Saint-Jean ?* » Il jeta un œil machinal à la berline noire. Quelque chose retint son attention et il s'en approcha. L'homme ouvrit la portière côté passager et en sortit un long bâton de bois flotté. Jeanne rangea discrètement le petit carnet de sa mère dans son jean. « *Je me suis promenée par là-bas, oui* » dit Patricia Berto d'un ton détaché. « *Vous n'avez rien entendu, rien vu de particulier ?* » La femme secoua négativement la tête. Le policier replaça le bâton dans le véhicule et s'avança vers elle : « *Vous ne devriez pas aller sur cette plage pendant les grandes marées, Madame. C'est dangereux. Très. On vient de nous signaler un type qui s'est salement enlisé. Jusqu'au cou, à ce qu'il paraît* ». Cette fois, Patricia Berto pâlit. Le policier la regarda étrangement, son collègue prit le relais. « *Oui, des gens ont entendu hurler de la route, mais trop tard. L'eau arrivait déjà sur ce pauvre gars. Il est mort noyé sous leurs yeux. Ils n'ont rien pu faire. Ils nous ont signalé qu'ils ont croisé un véhicule noir comme le vôtre. Vous êtes certaine de ne rien avoir remarqué ?* » Le troisième homme en uniforme regagna la voiture aux puissants gyrophares et donna à ses collègues le signal du départ. *« Magnez-vous. Il faut qu'on aille prendre les dépositions sur place. Dégagez le tunnel maintenant, Mesdames. »* Les deux autres policiers lui emboîtèrent le pas, mais *le méfiant* prit le temps de noter l'immatriculation de la berline noire. Jeanne regagna sa Fiat et Patricia Berto sa BMW. Un étrange ballet des trois véhicules se fit sous le tunnel. La bête était morte. Cette fois, c'était sûr. Patricia Berto se retint de pousser un cri de joie en démarrant. Elle se sentait soudain si légère. Quand son fiscaliste avait retrouvé la trace de Romain après une longue enquête auprès de multiples centres du Trésor public, elle avait d'abord donné toutes les informations recueillies à Jeanne, mais aucune action en justice n'avait pu être entreprise, alors. Alors, elle avait simplement appelé cet homme qu'elle avait désespérément aimé pendant près de dix ans et passé tout le reste de sa vie à abominer. Il s'était montré très surpris, un peu sur la réserve, mais tout de même heureux à l'idée de la revoir. Alors. Alors, Patricia Berto lui avait dit qu'elle le rejoindrait dans la région où il vivait maintenant. Dans la Manche. Elle n'était pas encore certaine de le faire disparaître et pensait sincèrement qu'il demanderait pardon à Jeanne. C'est pour cela qu'elle avait demandé à sa fille de venir la retrouver. Sans doute espérait-elle secrètement *aussi* rencontrer son petit-fils. Mais lorsque Romain, que Patricia Berto avait à peine reconnu tant il avait vieilli, lui avait répondu, quand elle l'avait sommé de lui expliquer pourquoi il avait détruit leurs vies à sa fille et à elle, *que Jeanne était très câline quand elle était petite et que c'était elle qui avait commencé*, lorsqu'il avait lâché ces mots, oui, assis tranquillement à ses côtés dans la voiture, dans la lumière crue et insoutenable de l'impunité, Patricia Berto avait mis son plan à exécution. Sa fille arrivée à l'hôtel ne devait pas entendre ça. Non. Elle l'avait vue, sa Jeanne, de la fenêtre de sa chambre se garer un peu plus tôt. Sortir de sa voiture avec un homme. Jeune. Et un cosy dans lequel dormait un bébé. Patricia Berto pensait qu'ils se verraient tous les trois, elle, Jeanne et Romain, dans l'après-midi, au bar de l'hôtel, comme convenu. Mais avant, la femme voulait savoir ce que ce rebut humain avait dans le ventre. Et, d'une phrase, il avait scellé son sort. Jeanne ne devait pas revoir Romain. Alors, Patricia Berto avait proposé à cet homme devenu chauve et gras une promenade sur la plage. Et. Il était mort. Et c'était bien ainsi. La femme sortit du tunnel, elle ne suivit pas la petite Fiat devant elle qui reprenait le chemin de l'hôtel. Elle, elle retournait à sa vie de solitude, qui ne devait plus durer bien longtemps maintenant. Elle décida qu'elle n'irait plus à ses séances de dialyse. Patricia Berto alluma une de ses longues cigarettes. La route allait être longue jusqu'à Lyon. Elle repensa aux départs en vacances avec Michel qui conduisait et Jeanne, toute petite à l'arrière, qui demandait, à peine étaient-ils partis, *si on était bientôt arrivés*. Elle repensa à leurs quelques séjours ensemble sur la Côte d'Azur. Aux châteaux de sable que construisaient inlassablement le père et la fille. Aux glaces fraise-vanille que l'enfant aimait tant. Patricia Berto prit l'embranchement qui la conduirait vers l'A81. La route allait être longue, oui, seule au volant. Mais au fond, cela ne la dérangeait pas plus que ça. Voilà longtemps qu'elle voyageait en solitaire. Elle repensa encore à Michel. Mais sans nostalgie aucune. Ni affect. Voilà longtemps qu'elle n'aimait plus les hommes.

19

Stockholm – 31 décembre 2019

Karolina caressait le ventre rebondi de Pia en l'embrassant dans le cou. Jeanne finissait d'emmitoufler David dans sa combi-pilote matelassée rouge sur leur lit, et ce n'était pas une mince affaire car le petit garçon n'aimait pas du tout ça et se débattait tant qu'il pouvait. « *You really don't want to come with us ?* » demanda-t-elle en fermant la dernière pression sous le cou du nourrisson. Le *no !* joyeux et complice que les deux femmes lui répondirent en disparaissant sous leur couette épaisse ne laissait planer aucun doute. Elles espéraient un moment d'intimité. Jeanne finit rapidement d'enfoncer son bonnet sur la petite tête brune de son fils et fila vers la porte d'entrée dans un « *See you, buddies* ». L'air glacé du dehors lui donna un formidable coup de fouet. David était, comme toujours, aux anges dans son porte-bébé. Il agita joyeusement ses moufles vermillon en babillant.

Jeanne adorait flâner avec lui dans le quartier de Södermalm où logeaient Pia et Karolina, mais un rapide coup d'œil à sa montre lui fit hâter le pas vers Götgatan. Dans Storkyrkan brinken, elle courut presque jusqu'au palais qui abritait la Chapelle royale, *Slottskirkan*, où le concert allait bientôt commencer. Jeanne avait décliné l'invitation de Karolina et Pia à aller admirer d'un restaurant de Skansen le feu d'artifice qui illuminerait le ciel de Stockholm ce soir. Elle n'était pas encore prête. Non. Elle avait prétexté ne pas vouloir *abandonner* David à une baby-sitter pour leur premier réveillon. Ce qui du reste n'était pas faux. Mais le concert de cet après-midi, Jeanne ne l'aurait raté pour rien au monde. Non. Le petit garçon avait les joues toutes rouges quand ils pénétrèrent dans l'église luthérienne. La jeune femme s'assit sur un des bancs en bois au dernier rang. Elle sortit David du porte-bébé et ouvrit sa combinaison. Elle installa l'enfant sur ses genoux et regarda attentivement l'intérieur du bâtiment, blanc et doré, à la fois sobre et majestueux. Depuis sa *rencontre* avec les trois anges mécaniques de l'horloge astronomique de la cathédrale Saint-Jean à Lyon, Jeanne avait gardé un rapport très particulier aux édifices religieux. Elle aimait beaucoup s'y recueillir, même si elle n'y avait jamais rencontré Dieu. Ils lui donnaient un profond sentiment de paix et, surtout, *d'acceptation.* Elle sortit de sa poche son portable pour le mettre en mode silencieux. Luca lui avait laissé un texto avec son heure d'arrivée demain à l'aéroport de Stockholm-

Arlanda. Elle jeta un œil machinal aux informations qui arrivaient en rafales sur l'écran d'accueil du smartphone. Plusieurs mentionnaient un mystérieux virus qui avait fait son apparition à Wuhan en Chine et provoquait des formes étranges et souvent mortelles de pneumonies. On craignait une nouvelle flambée de SRAS dans la région. Tout était parti apparemment d'un marché aux bestiaux. David commença à s'agiter et Jeanne rengaina son portable, elle sortit le biberon qu'elle avait préparé de sa housse thermique. Il était encore tiède. Elle allongea légèrement l'enfant qui se mit à téter goulûment. Jeanne oublia vite le mystérieux virus pour se concentrer sur l'arrivée demain de Luca. Ils iraient tous les trois, Luca, David et elle, passer une semaine au bord du lac Siljan pour fêter la nouvelle année, dans une petite maison rouge typique que Luca avait louée sur Internet. Jeanne dirait au revoir à Karolina et Pia. Avec émotion. Elles avaient partagé des jours merveilleux. Ce n'était pas le prix Astrid Lindgren qui l'avait finalement amenée en Suède, mais l'amitié. Et c'était sans doute aussi bien ainsi. Karolina l'avait invitée à venir y passer les fêtes de fin d'année. Elle voulait lui présenter sa compagne, dont elle avait fait connaissance après son divorce à Berlin. Les deux femmes avaient décidé de s'installer à Stockholm, dont Pia était originaire. Elles avaient tout de suite voulu un bébé et étaient allées à Copenhague dans une clinique spécialisée. Elles avaient choisi le donneur, blond aux yeux bleus comme elles, sur le site d'une banque de sperme danoise. L'insémination de Pia avait *marché* dès la deuxième tentative. L'échographie venait de confirmer qu'elles attendaient une petite fille. Elles avaient choisi de la prénommer Emma. Karolina avait déjà réservé des paillettes du même donneur, en prévision du moment où son tour viendrait de porter un enfant. Jeanne les laisserait à leur bonheur. Celui qui la liait à Luca était encore fragile. Elle refusait de s'engager pleinement, mais l'homme était patient. Présent. Quand elle avait appris le terrible AVC dont avait été victime Gabriel peu après avoir donné la *bande-son* de leur dernière et épouvantable soirée à la juge en charge de leur divorce, Jeanne avait beaucoup culpabilisé. Et Luca l'avait épaulée. Il avait *presque* réussi à lui faire admettre qu'elle n'était *absolument pour rien* dans l'hémorragie intracérébrale qui avait frappé celui qui était encore son mari. Ils avaient sporadiquement de ses nouvelles. Et elles étaient de plus en plus mauvaises. Gabriel n'avait pas encore retrouvé l'usage de la parole ni de son bras droit et semblait au contraire chaque jour régresser un peu plus. Les médecins craignaient maintenant qu'il ne récupère jamais. Il était pris en charge à l'hôpital de La Pitié-Salpêtrière et Jeanne s'était promis d'aller le voir à son retour de Suède. L'état de l'homme lui avait évidemment interdit de reconnaître David et toute la procédure de divorce avait été suspendue. Aucun lien de filiation paternel ne serait sans doute jamais établi pour David. À sa manière, et en perdant tout, Gabriel avait tout de même gagné la partie. Une foule se pressait sur les bancs autour de la jeune femme et du bébé qui finissait son biberon. Finalement, ils n'étaient pas en retard du tout. Elle regarda les gens autour d'elle. Jeanne ne savait pas qu'elle se trouvait dans un des rares pays au monde dont les autorités choisiraient de ne pas confiner la population d'ici quelques semaines. Elle ne savait pas non plus que *le mystérieux virus* changerait bientôt la face du monde. Non. Ce qu'elle savait en revanche, c'est qu'elle allait essayer de tenir la promesse qu'elle avait faite à Luca. Oui. Depuis qu'elle avait accouché, elle avait mis entre parenthèses l'écriture des *Aventures de Marie-Lou et Charlie*. Ces deux-là lui manquaient. Terriblement. Bientôt, elle les retrouverait. Mais avant, oui, Jeanne allait essayer de tenir la promesse qu'elle avait faite à Luca. Elle essayerait. Oui. D'écrire. Sur ce qui l'entravait. Pieds et poings. Corps et âme. La disparition de Romain ne l'avait pas apaisée. Non. Même si elle en était secrètement heureuse. David avait fini son biberon. Elle redressa l'enfant et lui fit faire son rot en tapotant doucement sur son dos. Il régurgita quelques gouttes de lait chaud dans sa nuque. La jeune femme s'essuya avec un Kleenex. David s'endormit presque aussitôt contre elle. Contre sa maman. Oui. C'était si bon d'être là pour lui. *De compter*. Si fort. Pour lui. Oui. Alors, elle allait essayer de tenir sa promesse. Pour lui. Pour Luca. Pour tous ceux, toutes celles qui portaient la même douleur qu'elle, que rien ne semblait pouvoir jamais exorciser, même si aucune douleur n'était évidemment semblable à une autre. Elle allait essayer, oui. D'écrire. Non pas *sur Romain, sur*. Non. Mais. D'écrire. Décrire. Peut-être. Oui. Décrire. Ce qui l'avait traversée depuis les viols répétés qu'elle avait subis dès sa petite enfance. Comment ils l'avaient fracassée. Comment, depuis, elle avait traversé sa vie en boitant, amputée d'une grande partie d'elle-même. Comment elle avait erré, oui, de chemin de traverse en chemin de traverse, traînant à jamais sa blessure invisible. Les chœurs entrèrent devant l'autel et le public fit silence. Jeanne serra David tout contre elle. Elle aimait beaucoup ce moment de suspension. Cette courte page blanche. Ce bref silence de l'assistance. Avant que la musique et la voix humaine n'envahissent tout l'espace et que tous, hommes et femmes réunis, le temps d'un accord, ne fassent plus qu'un, saisis par l'émotion.

Épilogue

La jeune femme alluma son ordinateur.

Elle ouvrit Word pour créer un nouveau document qu'elle intitula, après une brève hésitation, {**Notes**}. Malgré la torpeur estivale qui, habituellement, la plongeait dans une pathétique léthargie après le déjeuner, ses doigts se mirent à courir sur le clavier durant de longues minutes sans aucune hésitation. Elle savait que ce qu'elle commençait à peine à écrire prendrait sans doute la forme d'un roman. Elle avait déjà en tête les trois parties qui, certainement, l'articuleraient. Et elle en connaissait la fin. Oui. Et peut-être même aussi le titre. *La femme qui n'aimait plus les hommes.* Mais avant tout, elle sentait la nécessité d'amorcer son récit par quelques mots personnels. Par une courte adresse directe au lecteur. Quand il lui sembla l'avoir écrite, elle fit craquer les articulations de ses doigts et descendit d'un trait le verre d'eau citronnée et encore glacée qu'elle avait préparée. Elle tendit l'oreille pour s'assurer que ses jumeaux étaient toujours plongés dans leur longue sieste de l'après-midi, inspira profondément en regardant le curseur de son ordinateur clignoter après le dernier mot qu'elle avait écrit puis se relut.

Notes

Ce que je sais, c'est que je n'en ai que des flashs. Images, odeurs qui m'assaillent lorsque je m'y attends le moins et qui ne me laissent jamais en paix. Images, odeurs pour moi effroyables dont le temps, au lieu d'en altérer le souvenir, semble en augmenter l'intensité. Images, odeurs qui me clouent au beau milieu d'un geste anodin, d'un mot de mon fils, d'un sourire de ma fille. Persistance rétinienne, sensorielle, à l'infini. Images, odeurs comme autant de lames de cutter plantées dans le plus dur du dur de mon disque dur, dans cet endroit du cerveau où le *raisonnement* n'a pas sa place. Où tout est à vif. Sûrement dans le cerveau reptilien. Peut-être. Oui. Plantées là, les images, les odeurs, dans mon *cerveau reptilien*, le plus primaire, le plus profond, le plus con, et qui s'est mis en alerte maximale voilà quarante ans et qui n'a jamais mis en berne, depuis, le pauvre drapeau rouge qu'il avait hissé. En vain.

Ce que j'en sais, c'est la cicatrice invisible mais définitive.

Ce que je sais, c'est qu'un poison lent m'a alors été inoculé et qu'il continue encore et encore à se distiller dans chacune de mes cellules, à tel point qu'il est devenu *moi*. Que je suis devenue *lui*. Voilà. Je fais *un* avec ce poison apparemment sans antidote qui, à force de s'écouler en moi, goutte après goutte, a fini par me constituer en bonne partie. Quelles que soient mes tentatives toujours recommencées pour trouver enfin l'alambic qui en dissipera, peut-être, les effets délétères. Quelles que soient mes tentatives toujours recommencées. Voilà. Poison sans fin. Poison sans antidote. Mais pas sans nom.

Ce que j'en sais, c'est l'irrémédiable. *L'irréversible.*

Ce que je sais, c'est que j'ai été violée à plusieurs reprises dans mon enfance. À partir de l'âge de six ans.

J'ai mis du temps à en parler. Beaucoup de temps. Et lorsque je l'ai fait, lorsque j'ai enfin su trouver les mots pour dire *les images, les odeurs* – mais aussi le nom de l'agresseur – je n'ai rencontré pour seule réponse que le déni des adultes qui étaient censés me protéger et *réparer*. Alors, je me suis tue. À nouveau. Pour ne pas déranger avec mon histoire. J'ai pris sur moi. Voilà, je me suis tue. Mais *garder* le silence a un prix énorme. À mesure que je grandissais, le silence grandissait aussi en moi, et sans doute plus vite que moi car sa matière épaisse et visqueuse me semblait prendre de plus en plus de place. Jusqu'au jour où, devenue adolescente, j'ai cessé de m'alimenter pour lui laisser le moins d'espace possible où se répandre encore. On m'a hospitalisée. J'ai repris du poids. Mais je n'ai pas guéri. J'ai continué *à prendre sur moi.* Et je continue. Personne aujourd'hui dans mon entourage amical ou professionnel ne peut imaginer je crois que je porte ce fardeau, cette enfant de six ans qui s'accroche à moi, où que j'aille, quoi que je fasse, et qui me regarde et qui attend à l'infini, claquemurée dans son mutisme. Qui attend qu'on vienne la consoler et lui dire que *c'était pas sa faute,* à elle.

Je ne suis pas une victime. J'ai été violée à plusieurs reprises à partir de l'âge de six ans. C'est différent. Je ne suis pas une victime. Je ne veux pas être une victime. Je ne veux pas être définie ainsi. Je suis *constituée* de cela. D'avoir été violée à partir de l'âge de six ans. C'est différent. On m'a pris mon corps. Depuis, j'ai toujours été « agie » par ce fait, j'ai été violée à partir de l'âge de six ans. On m'a pris ma vie. On m'a giclé du poison en pleine face. Et on me l'a fait avaler. Certains jours, sa toxine gagne, elle est si corrosive que, pour ne plus souffrir de son incessante attaque dans ma chair, dans mon crâne, j'aimerais crever. Mais. Mes enfants. Et puis, je suis quand même une heureuse nature, aujourd'hui, quarante ans après, je n'ai toujours pas désespéré de trouver la panacée. De consoler la petite fille et de la laisser me quitter. De trouver *celle* que j'aurais été si. De retrouver mon identité.

Voilà. Ce que je sais, c'est que j'ai été violée à partir de l'âge de six ans. Ce que j'en sais c'est que cela a complètement brouillé mon rapport au monde pendant quarante ans. Et à moi-même. Et à moi-même.

Ce que je sais, oui, voilà, c'est peut-être d'abord cela. C'est que je ne sais pas bien dire *je*.

Non. Je ne sais pas bien dire *je*.

Alors, je dirai *Jeanne*.

Les trois phrases qui rythment le récit sont extraites de *Comme un Lego* de Gérard Manset.

Remerciements

Je tiens à remercier chaleureusement :

– Elsa Lafon pour sa très grande confiance et son écoute si productive et bienveillante,

– Laurent Boudin pour sa très grande confiance également, ses conseils et son accompagnement si précieux et si subtil durant toute l'écriture du roman,

– Frédérique Moidon, mon agent chez Artmédia, pour sa constance à mes côtés, son travail et son amitié,

– Enfin, mes enfants et mon mari pour leur patience et leur indéfectible soutien !

Ville-d'Avray, août 2020

Du même auteur

88 fois l'infini, in *L'avant-scène théâtre,* Collection des quatre-vents (2019).
Skorpios au loin, in *L'avant-scène théâtre* n° 1451, prix Théâtre de la Fondation Barrière (2018).
Le Syndrome de l'Écossais, in *L'avant-scène théâtre* n° 1399, (2016).

pcacmb
édition pré-presse
livres numériques

44400 Rezé

IMPRIM'VERT® PEFC™ 10-31

Imprimé en France
par Corlet Imprimeur
14110 Condé-en-Normandie
Dépôt légal : septembre 2021
N° d'impression : 21060335
ISBN : 978-2-7499-4325-1
LAF : 2926